Préface

*« Chaque ami représente un monde en nous,
un monde qui n'aurait peut-être jamais existé sans lui,
et que cette rencontre a rendu possible »*
Anaïs Nin

Deux petites filles circulent autour de moi. Elles ne se connaissent pas, je ne suis même pas certaine qu'elles parlent la même langue, et pourtant, elles ont décidé de jouer ensemble. L'une remplit un récipient d'eau et l'autre plonge de petites figurines dedans. L'ensemble de l'opération les fait éclater de rire, comme si rien à cet instant n'était plus réjouissant. Leur amitié naissante irradie tout autour d'elles et la scène m'émeut profondément.

Je repense alors à mes amies d'enfance et à celles d'aujourd'hui. De quoi sont faites nos relations ? Que veut dire « être amies » lorsqu'on devient adulte, lorsque l'évidence des jeux d'enfants est remplacée par une somme de choses à faire ensemble, de moments nécessitant une organisation et la mise en marche d'une volonté ? « Vous êtes dispos mardi prochain ? » « Et le week-end du 17, ça te dit de passer à la maison ? » Nos liens d'adultes, si sincères soient-ils, sont parfois domptés par les mœurs, les convenances, les temporalités obligées de nos vies au rythme insensé. Est-ce à dire qu'ils sont moins intenses, moins vrais, moins évidents ? Je ne crois pas. Alors, comment décrire ce lien ? Comment le raconter ? Comment le traduire sans le trahir ? Je décide de partir en quête, d'aller aux sources de l'amitié, de tenter une analyse au microscope, et ainsi, peut-être, lui rendre encore plus hommage.

C'est un peu fébrile que je commence mon exploration. L'étymologie d'abord. « Amies », cinq lettres pour désigner tant de modalités. Le terme vient du latin *amicus*. Littéralement, il désigne celui que l'on aime et qui est aimé en retour. L'origine du mot nous rappelle donc qu'il n'y a pas d'autres normes, que celle d'être précieux l'un pour l'autre.

Dans un de ses livres, l'autrice Andrea Marcolongo évoque un autre mot : « l'amitié comme *amistà*, un terme italien littéraire, un pacte d'alliance dans les montagnes russes de la vie – je t'aime tel que tu es,

À NOS AMIES

© Charleston, une marque des éditions Leduc, 2023
10, place des Cinq-Martyrs-du-Lycée-Buffon
75015 Paris – France
www.editionscharleston.fr

ISBN : 978-2-38529-009-2
Maquette : Patrick Leleux PAO

Charleston s'engage pour une fabrication écoresponsable !
Amoureux des livres, nous sommes soucieux de l'impact
de notre passion et choisissons nos imprimeurs avec la plus
grande attention pour que nos ouvrages soient imprimés sur
du papier issu de forêts gérées durablement.

Pour suivre notre actualité, rejoignez-nous sur Facebook
(Editions.Charleston), sur Twitter (@LillyCharleston) et sur
Instagram (@editionscharleston).

Sophie Astrabie, Sophie de Baere,
Jessica Cymerman, Olivier Liron,
Éric Metzger, Caroline Michel,
Carène Ponte

À NOS AMIES

Nouvelles

CHARLESTON
POCHE

Sommaire

tu es pour moi la trêve, jamais la guerre ». Ainsi regardée, l'amitié correspond à un espace singulier, une forme étrange, multiple, capable d'accueillir nos larmes, nos succès, nos mésaventures, nos silences. C'est un don pour toujours et non un solde à payer. Mais alors comment savoir si l'on est amie ? Comment en être certaine ? Est-ce qu'il y a un rite de passage ? Un examen à réussir ? Une formule magique à connaître ? L'enquête se poursuit. Et si j'allais voir du côté de mes alliés philosophes ? De quelle façon ont-ils décrit l'amitié ?

L'amitié est un thème choyé par les philosophes. Chez Aristote, l'ami est un *alter ego*, un « autre soi-même ». L'amitié, qu'il nomme *philia*, n'est pas fondée sur l'utilité, sur le plaisir, encore moins sur le nombre de cafés partagés, mais elle consiste surtout à se comporter moralement, c'est-à-dire avec fiabilité, constance, honnêteté. Dans sa réflexion, l'amitié devient ce sentiment indispensable au bonheur individuel, mais aussi à la communauté politique, elle est ce qui doit lier les hommes, les citoyens, les humains. Et pourtant, Aristote sait combien elle est rare. L'ami véritable, vertueux, est le seul qui nous permet d'avancer dans l'existence. Il est ce témoin qui nous aide à sortir de nous-mêmes, à dépasser nos peurs, à rectifier nos comportements. Sa présence est notre baromètre, notre phare dans la nuit. Est-ce donc cela l'amitié ? La conscience d'avoir un pilier ?

Je poursuis fougueusement mes lectures, avide de confirmations, de précisions, de certitudes. Un pilier, certes. La morale d'accord. Mais que dire du reste ? Des rires partagés ? Des souvenirs impérissables ? Des bêtises en commun ? Des hontes inavouables ? Des textos sans fin ?

Chez Cicéron, je découvre que l'amitié repose sur la franchise, la capacité à se dire réellement les choses, tandis que chez Michel de Montaigne, c'est la connivence qui prime. La « parfaite amitié » est selon lui, une entente aussi rare que totale, « chacun se donne si entier à son ami », écrit-il dans ses *Essais*. Le lien amical est une expérience purement singulière où l'individu devient lui-même parce qu'il est auprès de l'autre, parce que, grâce à l'autre, il prend conscience de qui il est.

Je réalise alors combien mes amies m'ont fait grandir, combien de fois j'ai eu l'impression qu'elles me connaissaient mieux que moi. C'est donc ça, mon enquête se précise. Un ami est un *alter ego*, un complice, un témoin. Mais chez Jacques Derrida, je découvre que l'amitié est aussi un courage, celui d'accueillir la distance, de ne pas être intrusif, de ne pas forcer, de garder la réserve quand il faut. Pour lui l'amitié n'est pas fusion, familiarité de tous les instants, elle est délicatesse. C'est la reconnaissance de nos différences qui est à la base de la relation amicale.

Au bout du compte, chez les philosophes, l'amitié est ce lien qui nous grandit, qui nous solidifie, qui nous structure. En témoignent les magnifiques paroles d'Albert Camus à René Char, dans leurs *Correspondances*, des pages qui subliment cette intensité : « [...] Plus je vieillis et plus je trouve qu'on ne peut vivre qu'avec les êtres qui vous libèrent, qui vous aiment d'une affection aussi légère à porter que forte à éprouver. [...] C'est ainsi que je suis votre ami, j'aime votre bonheur, votre liberté, votre aventure en un mot, et je voudrais être pour vous le compagnon dont on est sûr, toujours. » Le compagnon sûr, n'est-ce pas cela que je cherchais à saisir ?

Je m'arrête un instant pour laisser infuser tout ce que je viens de lire. En fermant les yeux, mille images me viennent, confuses, éparses, intimes et universelles. Thelma et Louise, Rachel et Monica, mon amie Lia, Simone de Beauvoir et son amie Zaza, et tant d'autres. Voilà ce qui manque à mon étude. D'Aristote à Derrida, en passant par Montaigne, ce sont des hommes qui traitent de l'amitié, qui en forgent la vision, une vision fondée sur l'honneur et la droiture, qui exclut parfois les femmes. Alors quoi ? L'amitié a-t-elle un genre ? L'amitié féminine est-elle différente ? Voilà une nouvelle énigme qu'il me faut élucider.

L'amitié féminine fut souvent un territoire vierge de pensée. Au mieux, on l'enroba de clichés, de jalousie perfide, de coup de pattes, de langues de vipères, on douta de sa sincérité. Face à la noblesse de l'amitié masculine, on la cantonna à une médiocrité ordinaire, à un crêpage de chignons totalement banalisé. Est-ce donc son seul destin ? Mon enquête va-t-elle se réduire à une sombre peau de chagrin ? Fort heureusement, ces dernières années, un grand coup d'air est venu souffler sur les liens féminins. On s'est mis à employer le concept de « sororité ». Le terme fut d'abord utilisé par les féministes comme un équivalent de la « fraternité ». Très vite s'est dégagée l'idée d'une solidarité singulière unissant les femmes, une solidarité sans hiérarchie, sans droit d'aînesse. La sororité semblable à une forme d'« amour de sa prochaine », libre et transparente, car il faut dire que l'amitié et l'amour se répondent bien plus souvent qu'on ne le croit. Ils comportent l'un et l'autre la peur de la perte, mais cela n'entame en rien la puissance qu'ils nous confèrent lorsqu'on les ressent.

L'amour et l'amitié, lorsqu'ils renoncent à la toxicité et à la possession, lorsqu'ils s'incarnent dans une franche « sororité », et non dans une posture à la mode, participent à notre élévation, permettent d'étendre notre force vitale. Ils sont un tuteur pour nos colonnes vertébrales un peu fatiguées. Et j'ai la conviction que l'amitié féminine, ainsi vécue, est un prodigieux réservoir d'énergie. En termes chinois, « nourrir son énergie », c'est prendre soin de son « capital de vie », veiller à entretenir l'élan. On y parvient en ne laissant pas notre vitalité s'obstruer, s'enliser, stagner, mais en la maintenant éclatante. Alors peut-être est-ce ici que réside la véritable question : qu'est-ce qui nous donne de la force ? Quelles sont les choses, et les gens qui augmentent notre puissance d'être ? Et si c'étaient justement nos amies ? Car c'est bien de puissance dont on se sent investie lorsqu'on sait qu'on avance dans la vie avec d'indéfectibles alliées. Il n'y a aucune modalité figée pour vivre ses relations, il y a juste cette étrange certitude : celle d'une compréhension qui dépasse le langage, celle qui nous assure que, même au bout de la nuit, quelqu'un répondra au téléphone. Et voilà peut-être pourquoi l'amitié est si primordiale : aussi rare soit-elle, elle nous offre une sécurité qui nous permet de traverser les menaces de ce monde.

L'amie. La vieille amie. L'amie d'enfance. L'amie de vingt ans. L'amie avec qui on ne compte plus le défilé du temps. Celle rencontrée en maternelle, en primaire, au collège, au lycée, dans un premier boulot, ou au hasard d'une fête. L'amie croisée chez le coiffeur ou au café. L'amie qui est là, toujours là, refuge dans l'impermanence des jours, dans le dispersement, dans la consommation des âmes. Avec elle, pas d'excuses, pas d'introduction. Un appel, une évidence, la conversation est toujours en suspens. On oublie les manières, les inutiles précautions. Elle sait. Car elle était là quand, quand c'était beau, quand c'était fort, quand c'était drôle, et même quand ça faisait mal. L'amie, les amies, qui nous confèrent la plus intarissable des puissances. Ce n'est ni une dette ni une habitude forcée, mais peut-être l'envie farouche nous conduisant à vouloir envelopper l'autre de notre solidité, de notre douceur, de notre fierté. Un territoire exempt de lutte, de concurrence, un asile pour nos âmes fatiguées.

Et voilà jusqu'où me conduit mon enquête : l'amitié féminine ne cherche pas à être pensée, elle se vit. Changeante, singulière, vivante et vibrante, comme le sont les auteurs conviés dans ce livre. Chaque récit met en lumière une facette de ce kaléidoscope qui, loin d'être théorique, est une histoire d'émotions, de cœurs cousus et d'alliances infinies. C'est à cette magie que veut rendre hommage ce livre.

Je repense à ces deux petites filles circulant autour de moi et à la naissance de leur amitié. Puisse-t-elle être le refuge qui rendra leur existence plus douce, plus ample, plus sereine. Inspirons-les, et remplissons leur imaginaire d'amitiés rêvées.

Marie Robert

UNE SECONDE

Sophie Astrabie

J e sais qu'on ne choisit pas sa famille. Je sais aussi qu'on ne choisit pas ses amis. Soit on reconnaît en eux quelque chose de nous. Soit ce sont eux qui, d'une certaine manière, nous élisent. Pour la même raison.

Salomé, elle, est entrée dans l'amphithéâtre après tout le monde. Elle portait un foulard vert dans les cheveux, une robe blanche plissée jusqu'aux genoux et des boucles d'oreilles cerise. Elle a remis son sac sur son épaule et elle a fouillé du regard chaque siège jusqu'à arriver à moi. Là, elle a planté ses yeux dans les miens, une seconde, une entaille, et aussitôt, elle s'est mise à monter les marches.

Contrairement aux miennes, les décisions de Salomé ne prenaient jamais plus d'une seconde.

Quand elle est arrivée au bout de la rangée, elle les a tous fait se lever un à un, sans prononcer le moindre mot, juste avec son air décidé. Elle ne semblait pas éprouver la moindre gêne et c'est ce qui m'a le plus marquée, cette désinvolture. Tout le monde la maudissait, tout le monde la détestait et elle s'en foutait. Il n'y avait aucune blessure dans laquelle se réfugier, rien qui pouvait ébranler ses certitudes : elle s'en foutait.

Elle s'est faufilée entre les élèves, d'un sourire elle a fait décaler le garçon qui était assis à côté, puis elle a pris sa place.

— Salut, a-t-elle dit avec sa bouche pulpeuse, son teint de fin d'été et ses grands yeux bleus et dorés. Je suis Salomé. J'étais à l'arrêt de bus ce matin.

— Alex.

J'étais surprise de cette coïncidence mais je n'ai pas osé la relever. Elle a esquissé un léger mouvement de la tête que je n'ai pas réussi à déchiffrer. J'avais l'impression qu'elle voulait ajouter quelque chose mais à la place, elle a attrapé son sac qui se trouvait à ses pieds, a sorti un carnet qu'elle a ouvert à la première page et a noté la date du jour en haut à droite, comme elle avait dû le faire chaque premier jour de chaque rentrée scolaire. Ensuite elle s'est tournée pour faire face au tableau et elle n'a plus prononcé le moindre mot.

À la fin du cours, elle a rassemblé ses affaires, elle s'est levée et puis elle est partie. Au moment de franchir la porte, elle a levé la tête, a fait un vague signe de la main avant de disparaître. Le lendemain, elle n'est pas revenue. Les jours suivants non plus.

*

Une semaine plus tard, elle est à nouveau là. Son sac, sa robe, son air de rien. Son air de celle qui n'est pas réapparue depuis une semaine mais qui ne voit pas le problème. Elle aurait pu reprendre la conversation là où elle l'avait laissée ou bien compléter le mot qu'elle n'avait pas fini de tracer, ça ne m'aurait pas surprise. Il y avait une forme de cohérence dans sa manière d'être. Sans Salomé, le temps n'avait pas vraiment continué.

— Regarde ce que j'ai trouvé.

Elle dépose une photographie sur la table. Un fond orangé sur lequel se détache une silhouette. Un rayon de soleil s'écrase sur le visage d'une femme qui rit aux éclats, un visage sous une coupe de cheveux qui rappelle les guêtres, les justau-corps fluo et les chiffres lancés avec cadence.

— Tu ne trouves pas qu'elle me ressemble ?

Je tends le cou pour mieux voir, je la regarde un temps interminable mais je n'ose rien dire. Je ne trouve pas que cette femme lui ressemble. Je trouve que cette femme ressemble à Véronique ou peut-être à Davina, je trouve qu'elle ressemble à une époque mais pas à Salomé. Je la regarde elle, à nouveau, discrètement, et tout à coup, elle me paraît unique. Elle est ce genre de personne à qui on ne dit jamais « Ah tu ressembles à ma cousine » ou « T'as un petit air de cette actrice, tu sais, celle qui joue dans ce film… ». Je cherche à comprendre ce qui provoque cela et soudain je sais. Il y a ce décalage entre son physique et l'effet qu'il me procure, un anachronisme des sentiments. Ce détail infime qui change les physiques en histoire.

— Laisse tomber, dit-elle comme pour changer de sujet.

Elle attrape la photo et la range dans son sac. Le geste est volontairement lent et je reconnais dans cette nonchalance la maîtrise de la colère.

— C'est qui sur cette photo ?

— Je ne sais pas. J'achète des lots de photos sur Internet. J'aime bien.

Elle s'assoit et sort son cahier.

— Tu trouves ça bizarre, d'acheter des photos d'inconnus ?

— Non.

— C'est quoi le truc que tu aimes bien faire, toi ?

— Je…

Elle attend une réponse, elle attend comme on attend le service d'une balle de match en finale de grand chelem.

— Je… j'aime bien… dessiner des hommes avec une moustache.

Elle éclate d'un rire puissant et sonore qui rebondit dans l'amphithéâtre et fait tourner une flopée de têtes dans une grande vague.

— Les hommes à moustache ?

— Oui… j'ai l'impression… enfin c'est juste que je trouve ça… c'est une décision, tout de même, de porter une moustache. Et toute décision a une signification.

Elle hoche la tête.

— Au premier abord, ça peut paraître un peu rustre… Par exemple, j'ai un oncle, tu peux savoir ce qu'il a mangé rien qu'en regardant sa moustache.

Une moue de dégoût froisse son visage.

— Mais la plupart du temps, c'est distingué. C'est l'originalité par essence. Il n'y a que 4 % des hommes qui portent la moustache ! Tu peux passer une journée entière sans croiser un seul moustachu !

J'ai sans doute moi-même l'air choqué car cette information me bouleverse. C'est vrai, qui sont ces 4 % ? Des originaux ? Des timides ? Des taiseux ? Des artistes contraints de devenir plombier car on ne sait pas s'il y aura toujours des musées, mais on sait d'avance qu'il y aura toujours des tuyaux ? Des hommes qui un jour n'ont pas osé alors qui osent plus tard, à moitié ?

Pendant que je réfléchis, je l'entends rire à nouveau. Elle rit et elle me paraît si loin, si inaccessible.

Je repense à ce moment où elle est entrée dans l'amphithéâtre et où tout s'est joué. Il aurait fallu que je fasse un simple geste pour inverser les rôles. Qu'elle me regarde autrement. Qu'elle fasse un autre choix. Qu'elle se dise que c'était moi, la personne la plus importante. Mais je n'avais rien fait : j'étais restée passive. Elle avait brillé.

Je suis tirée de mes pensées par l'entrée du professeur qui, déjà, réclame le silence.

Aussitôt, Salomé sursaute. Elle a dix-huit ans mais à ce moment précis elle a tous les âges. Cinq ans, dix ans, cinquante ans. Elle a l'âge de ceux qui se reconnaissent et se choisissent. L'an zéro de l'amitié.

M. Daguerre pose sa mallette sur le bureau et du bout des doigts, il roule le coin de son incroyable moustache.

*

Je vis dans un petit studio de vingt mètres carrés situé juste en face d'une école maternelle.

Ma fenêtre est retenue par une sorte de grille en fer. Parfois je dis « mon balcon ». Je fume chaque soir des cigarettes en regardant la lune aller du croissant vers le rond et du rond vers le croissant dans une sorte de balancement régulier. Le temps passe lentement.

La plupart du temps, je porte un jean brut, un tee-shirt blanc et une paire de baskets en toile qui s'usent au niveau des coutures. Je ronge mes ongles et je n'attache jamais mes cheveux. Comme je suis timide, les gens pensent que je suis froide alors ils le disent : « Je pensais que tu étais froide » et je ne réponds rien. Car que faire des premières impressions ? Elles sont nous, autant que les dernières et toutes celles qui se trouvent entre.

Mon loyer est de 503 euros et je ne peux pas m'empêcher de me demander ce que fait mon propriétaire de ces 3 euros qui dépassent des centaines. Peut-être que deux matins par mois, accoudé au zinc d'un comptoir, il se frotte les mains, satisfait de se dire que ce café est gratuit grâce à son idée géniale d'ajouter 3 euros au loyer de son appartement. Les petites victoires de ceux qui ont déjà tout.

Le week-end, je travaille à la caisse d'une épicerie. Le mardi et le jeudi, après les cours, je distribue des tracts publicitaires sur une place pour convaincre des gens d'aller manger un risotto à la truffe dans un restaurant italien. Je suis nulle et je ne convaincs que ceux qui en avaient déjà envie, mais après tout peu importe : je suis payée à l'heure.

L'autre soir, alors que je tendais un tract à un couple de touristes alsaciens, j'ai aperçu Salomé qui tournait au coin de la rue. Elle n'était pas venue en cours le matin, elle ne vient quasiment jamais. Pourtant, je me mets toujours à la même place pour être sûre de ne pas la rater.

Sans réfléchir, j'ai délaissé mes Alsaciens pour la suivre et c'est très étrange cette décision de ne pas avoir crié son nom en lui faisant un signe de la main. De ne pas lui avoir dit : « Hé ! Salomé, c'est moi, on est en cours ensemble » pour qu'elle remarque ma présence et que l'on discute tranquillement à la lueur d'un réverbère. C'est étrange et ce sont souvent des anomalies d'une attitude que résultent les virages des vies.

Salomé a disparu dans une impasse, elle a semblé accélérer le pas mais peut-être est-ce moi qui ai ralenti pour étirer la distance entre nous. Elle s'est retournée une fois et je me suis engouffrée dans le premier magasin sur ma droite, un magasin de jeux de société dans lequel j'ai rapidement salué la vendeuse avant de ressortir quelques secondes plus tard, juste à temps pour voir entrer Salomé dans un bâtiment.

Ce bâtiment, en fait, c'était un bar. Une sorte de boudoir sombre avec des rideaux en velours rouge et des plumes pendues aux lustres. J'ai aussitôt pensé à un bordel, même si je n'avais pas la moindre idée de ce à quoi peut ressembler un bordel. C'est en tout cas l'idée que je m'en fais et je me demande si une vie, à dix-huit ans, n'est pas bien souvent l'idée que l'on s'en fait. Un homme se trouvait derrière le comptoir, à faire des cocktails, à moins que ce ne soit des tentatives pour élaborer la bombe H. Il était, de toute évidence, en train de réaliser une mission de la plus haute importance.

Je cherchais Salomé du regard mais je ne la voyais pas. J'ai alors eu cette sensation désagréable d'être observée, d'être prise à mon propre piège et je reculai, je reculai comme un bernard-l'hermite qui se replie dans sa coquille, je reculai jusqu'à ce que mon dos cogne quelque chose. J'aurais pu pousser un cri mais, par réflexe, le son est resté bloqué dans ma gorge. Derrière moi, il n'y avait personne. Juste un mur. Un mur.

Soudain je l'ai vue, en train de sortir des toilettes. Elle a replacé une mèche derrière son oreille et a avancé de cette démarche irrégulière, cette démarche qui fait que l'on reconnaît certaines personnes au bruit qu'elles font dans le couloir de nos vies. *Tap tap-tap, tap tap-tap*. Elle est arrivée à une table située dans le coin de la pièce et j'ai tout de suite reconnu cette autre fille de notre promo. Je suis restée là, immobile, quelques secondes à les observer. Et puis je suis partie.

En rentrant, j'ai pris un carnet et un crayon, et sur le coin d'une table j'ai tenté de dessiner le barman, cet homme qui fait partie des 4 % qui ont choisi de garder leur moustache. Mais mon portrait ne ressemblait à rien.

*

Mon père ne voulait pas m'appeler comme ça. Il disait qu'un vrai prénom, c'est un prénom qui ne se réduit pas en un surnom ridicule. Il avait cette hantise d'être pris pour un con, je ne sais pas d'où il tenait ça, cette peur de l'humiliation permanente qui le rendait insupportable. Les gens pensaient qu'il avait du caractère. En réalité, je n'ai jamais vu quelqu'un d'aussi fragile. Il gueulait sur tout le monde, sur ceux qui avaient le malheur de lui téléphoner pour lui vendre un système d'alarme, sur ceux qui ne respectaient pas la priorité à droite, sur ceux qui riaient, convaincu que c'était de lui. Il est mort il y a un an, en sortant de la boulangerie. Un pot de fleurs lui est tombé sur la tête du quatrième étage. J'y pense souvent. Tout s'est joué en une seconde. S'il était resté une seconde de plus sous la douche, s'il avait rangé sa tasse de café dans le lave-vaisselle au lieu de la laisser traîner sur la table, s'il avait pris la peine d'embrasser ma mère en partant de la maison, s'il avait traversé quelques mètres plus loin, au niveau du passage piéton plutôt qu'en courant entre deux voitures, s'il avait…

Une seconde, qu'est-ce que c'est ? Un geste en plus dans le nombre incalculable de gestes qui remplissent notre quotidien.

Quelques jours plus tard, en allant chercher le pain, la boulangère avait glissé cette phrase qui m'avait paralysée : « Pour une fois qu'il cédait sa place à quelqu'un dans la file d'attente… »

Je n'ai pas dormi de la nuit et pendant des semaines, j'ai réfléchi à chacun de mes mouvements, à chacune de mes décisions. Devais-je me lever de table maintenant ou attendre une seconde supplémentaire ? Était-ce raisonnable de faire quoi que ce soit qui ne me ressemblait pas ? Quelle seconde avait changé ma vie ?

*

J'arrive dans l'amphithéâtre à la même heure que d'habitude. Je m'assois et j'attends, les yeux rivés sur la porte. J'ai bien conscience qu'il y a désormais les jours Salomé et les jours sans. Ce n'est pas grave, j'assume. Je n'ai ni frère, ni sœur, à peine un cousin que je ne vois jamais. Ma mère a toujours dit que j'avais « juste un cousin » et pendant des années j'ai cru qu'il s'appelait Justin. Alors que non. C'était Bernard. Je ne suis pas très à l'aise dans un groupe et je ne fais pas partie de ces filles populaires qui attirent sans rien faire. Alors Salomé, c'est une chance. Une deuxième chance.

Je n'ai jamais été choisie. À l'école, on ne voulait pas de cette fille qui ferme les yeux quand on lui lance la balle ou qui bredouille des phrases incompréhensibles quand il s'agit de parler en public. J'étais une très bonne élève mais ça ne suffisait pas. C'était peut-être même pire. On m'aimait les veilles d'interros.

Chaque rentrée scolaire, le même rôle m'attendait. Les années collège et lycée ? Une même série en sept saisons. Mais dans cet amphithéâtre, dans cette université, dans cette ville, personne ne me connaît. Tout peut recommencer à zéro.

Le cours commence à 9 heures et à 8 h 57, elle passe le seuil de la porte. C'est plus fort que moi, je sens mon cœur bondir dans ma poitrine. En la regardant monter les marches, je me demande pourquoi elle ne vient jamais en cours, si elle fait un double diplôme dans une autre université, si elle travaille à côté comme hôtesse d'accueil, *dog sitter* ou standardiste. Si j'ai loupé une information. Peut-être qu'elle regarde simplement des séries, affalée sur son canapé…

— Salut !

— Salut, ça va ?

— Impec'. Bien rentrée l'autre soir ?

Je suis mal à l'aise et je recule de quelques centimètres sur mon banc. Mais Salomé fait un clin d'œil et change aussitôt de sujet de conversation sans attendre de réponse. Je tends l'oreille pour ne rien louper de ce qu'elle raconte, pour m'enivrer de ses paroles et me nourrir de cette amitié. J'ai envie de lui ressembler, d'avoir son attitude, ses gestes, son élégance. J'aimerais être elle car tout a l'air plus simple quand on est Salomé. Sa manière de tenir son stylo, ses expressions et même ses tics de langage. J'observe pour reproduire. J'apprends Salomé par cœur, comme un poème, comme « Demain, dès l'aube » que je suis encore capable de réciter à la virgule près, des années après. Soudain, une phrase me sort de mes pensées.

— Ça te dit qu'on se retrouve demain soir ? Il y a un bar qui vient d'ouvrir, La Station-Essence. C'est à côté de l'église Saint-Paul. On a qu'à dire 21 heures ?

La sonnerie retentit et elle se lève d'un bond. Une heure vient de s'écouler sans que je m'en rende compte. Je n'ai rien écouté du cours et rien noté sur ma feuille à part ces mots : La Station-Essence, jeudi, 21 heures.

*

Je me regarde dans le miroir. J'ai de grands yeux verts et c'est plutôt une bonne chose, les yeux grands et verts. Le seul problème, c'est que je suis très myope et que je porte des lunettes. Je porte tellement des lunettes que, quand je n'en porte pas, il y a une sorte de vide sur mon visage, un vide que même les gens qui ne me connaissent pas remarquent. Je porte des lunettes et quand je n'en porte pas, je porte l'absence des lunettes sur mon visage.

À part ce point, tout est à peu près normal. Si je prends chaque élément de mon visage un à un, je n'ai aucun reproche à leur faire. C'est juste le travail d'équipe qui ne fonctionne pas très bien.

Je ne me maquille pas car personne ne m'a jamais appris à mettre du mascara ou du rouge à lèvres. Ma mère n'a jamais eu le temps ni les occasions de le faire. Elle passe sa vie courbée sur son bureau, à rédiger des thèses sur des sujets qui n'intéressent personne.

Un jour, j'avais quatorze ans, je ne sais pas ce qui lui a pris, elle m'a amenée chez l'esthéticienne pour faire épiler mes sourcils. J'ai eu l'air surpris pendant un mois. Je n'ai plus jamais approché le monde de la beauté.

Mais aujourd'hui, j'ai envie de voir quelque chose de différent dans ce miroir. J'ai envie de lèvres vermeil juste pour la beauté de ce mot : « vermeil ». J'ai envie d'une rupture avec celle que j'étais avant. J'ai envie que personne ne trouve ça étrange, de me voir maquillée, car il est encore trop tôt dans l'année pour faire des généralités et m'enfermer dans une case.

Alors après les cours, je suis passée dans cette chaîne de magasins dans laquelle je n'avais encore jamais mis les pieds. Une vendeuse m'a accueillie avec une palette de maquillage glissée dans la poche de son tablier et m'a demandé en quoi elle pouvait m'aider ? J'ai aussitôt pensé à cette phrase « En quoi puis-je vous aider ? » que les commerçants prononcent quasiment tous, alors qu'ils n'ont finalement qu'une baguette de pain ou un rôti de porc pour répondre à nos problèmes existentiels. J'ai réfléchi à cette question et encore une fois, je suis partie loin dans mes pensées, loin, loin, là où pourrait se trouver la source de mes souffrances, mais avant de toucher du bout des doigts la réponse, Magali, avec son badge bien accroché au revers de sa blouse, est venue me chercher avec un léger claquement de bouche.

J'ai dit : « Je voudrais un rouge à lèvres vermeil. »

Il y a eu une seconde de flottement. Cette seconde que je connais parfaitement, celle que je maîtrise et que je déteste mais que je n'arrive pas à éviter. Les mots aussi ont un âge. Et « vermeil » n'a pas dix-huit ans mais plutôt quatre-vingt-un ans. Je m'en suis voulu de ne pas avoir dit rouge mais si on réfléchit, « rouge à lèvres rouge » c'est un pléonasme, non ? Magali a refait son petit bruit.

« Un joli rouge », ai-je précisé et cette réponse l'a satisfaite. Elle a sorti de sa poche un nuancier qu'elle m'a tendu avec un large sourire. J'ai pointé le doigt sur la couleur R98 et elle est partie aussitôt chercher un testeur pour l'essayer sur le revers de sa main.

J'ai dit « Oui, c'est parfait » avant qu'elle ne propose quoi que ce soit d'autre. Je l'ai suivie en caisse et j'ai quitté le magasin sans me retourner.

Voilà comment j'en suis arrivée là, la main tremblante sur mes lèvres qui ont, elles aussi, l'habitude de l'être. Je pose cette couleur sur mon visage, des lentilles sur mes yeux mais j'évite de me regarder pour ne pas changer d'avis. Et puis je sors.

*

La Station-Essence est un nouveau bar à la mode, niché dans une ancienne station-service.

Comme quoi, on peut être original et pour autant, pas du tout créatif. J'ai poussé la porte et à l'intérieur, il y avait un monde fou mais personne ne semblait travailler là. Ça m'a fait penser à ces scènes dans les films américains quand les parents laissent la maison à leurs adolescents et qu'ils organisent une soirée qui vire au chaos. Ici, les serveurs ressemblaient à des clients qui étaient simplement passés de l'autre côté du bar, certains buvaient des shots, d'autres dansaient sur le comptoir. Il m'a fallu une demi-heure pour commander mon verre, un gin tonic bien dosé qui m'enivre dès la première gorgée. J'avançais au milieu de la foule sans savoir quelle direction prendre. La musique était bien trop forte et l'obscurité obligeait à s'approcher au plus près des autres pour reconnaître un visage. Je me demandais si j'allais être capable de retrouver Salomé.

Je me suis positionnée à côté d'un petit groupe qui semblait être ensemble mais qui ne parlait pas vraiment car chacun avait les yeux rivés sur son téléphone. Ça pouvait donner l'illusion que moi aussi, j'étais avec eux. Surtout si je me débrouillais pour leur demander une fois l'heure. C'est ce que j'ai fait à 21 h 14. Et puis j'ai attendu qu'elle arrive en buvant mon deuxième gin tonic. À la dernière gorgée, j'ai replongé dans le passé.

*

Salomé était dans mon école au primaire. Je m'en souviens, bien sûr. Comment pourrais-je l'oublier ? Elle avait déjà ces cheveux blonds et ces yeux bleus qui fascinaient tout le monde à cause de ce dessin animé bourré de standards de beauté que l'on regardait en boucle en bouffant des Chocapic au petit déjeuner. J'avais déjà cette paire de lunettes à la monture orange qui envahissait mon visage et ma mère avait eu la bonne idée de me couper les cheveux à la garçonne car, c'est bien connu, « ils repoussent plus forts ». Je ne sais pas si un scientifique a vraiment prouvé ça un jour. Est-ce qu'un putain de scientifique a prouvé qu'il valait mieux se couper les cheveux à l'âge où l'on construit son identité pour avoir le cheveu plus fort ? Est-ce que le gars qui a affirmé ça pensait vraiment que des cheveux plus épais, c'était plus important que la confiance en soi ?

Ma mère m'a gardée à la maison pendant les années de maternelle. Elle disait que c'était abrutissant toutes ces chansons de moulin qui tourne et de meunier qui dort, qu'en plus à quatre ans on chantait tous complètement faux. À la place, elle m'a appris à lire et à compter. Résultat, en plus de ne ressembler à rien physiquement, j'avais un an de moins que tout le monde.

Je ne connaissais rien des relations sociales. Je voyais les adultes parler entre eux. Tout avait l'air simple, fluide, facile. Tout le monde était poli et respectueux. On disait de moi que j'étais éveillée, fine, subtile. On disait que je ne ressemblais à aucun autre enfant et ça avait l'air d'être quelque chose de positif. J'étais un chat qui courbe le dos, qui ronronne et que l'on caresse. Pourquoi me serais-je méfiée ?

Le jour de la rentrée de CP, je suis allée vers elle. Je lui ai dit : « Tu veux être ma copine ? » Elle a répondu : « Non, merci » et puis elle est partie jouer à l'élastique avec Sarah. J'ai cru mourir. Vraiment, j'ai cru mourir. La douleur qui a déchiré mon cœur était telle que je crois que, si on regarde encore aujourd'hui à l'intérieur, on peut voir une entaille. Pendant une semaine, je n'ai plus réussi à parler. Je n'ai jamais ressenti pire sentiment de rejet par la suite.

J'y pensais tous les jours. C'était plus fort que moi, il y avait cette phrase en boucle dans ma tête : je ne suis pas assez bien pour être son amie. J'avais six ans, mais c'est ce que je me disais. Et c'est ainsi que s'est construit mon rapport aux autres. « Non, merci. » On m'a refusée comme une deuxième part de quiche. L'amitié m'a refusée. Il a fallu une seconde pour que ma vie bascule. Alors l'année dernière quand mon père est décédé, lui aussi à cause d'une seconde, j'ai repensé à Salomé.

Pour faire son deuil, ma mère avait l'habitude de répéter cette phrase : « Il faut parfois vivre avec ce qui n'a pas été vécu. » Et ça résonnait en moi. Mais moi, ce que j'entendais, c'était : « Parfois on meurt de ne pas avoir osé vivre. »

Alors j'ai fait des recherches sur Internet, j'ai enquêté et j'ai fini par la retrouver. Il m'a fallu du temps pour découvrir son adresse mais ensuite ce n'était pas très compliqué. J'ai volé son courrier, celui de ses parents et j'ai su qu'elle s'était inscrite ici, dans cette fac minable. J'étais acceptée dans les plus prestigieuses universités du pays mais ce n'est pas grave. J'ai un an d'avance. Un an à perdre. Une vie à rattraper.

Quand je l'ai vue entrer dans cet amphithéâtre, quand son regard a croisé le mien et qu'il a glissé comme on glisse sur un détail insignifiant, tout a ressurgi. Toutes ces années à ne plus aller vers les autres, cette peur d'être rejetée. Mais une fois encore, elle ne m'a pas choisie. Elle a monté les marches, j'ai vraiment cru qu'elle m'avait reconnue mais comment reconnaître quelqu'un qu'on ne remarque pas ? Elle a fait lever la rangée du dessous et elle s'est assise devant moi, à côté de cette Alex. Je le savais déjà mais la vie est une garce tout de même. Il a fallu qu'en plus, cette fille, l'élue, ait le même prénom que moi. J'étais aux premières loges de tout ce que j'aurais pu vivre. Le calque des possibles. C'est aussi ce qui a renforcé ma détermination.

*

21 h 33. J'ai redemandé l'heure à la fille qui m'a regardée comme si j'étais folle. Mais peu importe. Je viens d'apercevoir Salomé. Elle est à l'autre bout du bar, un verre à la main. Elle discute avec Alex et elles ont l'air coupé du monde, ce qui rend fou le groupe de garçons qui les observe depuis cinq bonnes minutes. L'ignorance rend fou de manière générale.

Je bois une dernière gorgée et pose mon troisième verre sur le coin du bar dans un geste un peu trop appuyé. Je ne bois jamais d'alcool fort mais que voulez-vous. On parle toujours des chagrins d'amour, jamais d'amitié.

Je m'avance vers elle, j'ai enfoncé sur ma tête l'un de ces chapeaux que portent toutes les serveuses et d'un geste assuré, je lui tends le verre que j'ai spécialement préparé pour elle.

Je dis : « Une conso offerte par un des clients. »

Je désigne le bar d'un mouvement de tête.

Salomé me regarde, elle semble hésiter une seconde. Pas plus.

Elle me sourit et me répond : « Non, merci. »

Quelque chose se brise à l'intérieur de moi, avec facilité comme un jouet mal réparé.

Je regarde le verre que je tiens dans ma main droite, ma main qui tremble légèrement.

J'hésite, une seconde, et puis je le bois, en une seule fois.

Au commencement, il y a toujours une seconde. Même quand il est question d'éternité.

LES DEUX DOIGTS
DE LA MAIN

Sophie de Baere

À Sarah G.
Parce qu'on n'oublie jamais le parfum de l'enfance.

Son bouquet au creux des bras, Madeleine chemine tout doucement dans la rue qui mène au cimetière. Chaque année, elle vient ici pour le même rituel. Nettoyer, fleurir et prier. Onze ans que son André est parti, onze ans qu'elle a quitté leur petite ville. C'était trop douloureux de rester dans leur maison. L'ombre de son époux s'y répandait partout comme de l'encre. Chaque bibelot, chaque fauteuil, chaque pan de tapisserie lui rappelait leur vie ensemble.

Elle y séjourne néanmoins de temps à autre, pour une huitaine de jours. Jamais davantage. Tondre la pelouse, aérer les pièces, ôter un peu de la poussière accumulée, nourrir les mésanges durant l'hiver : à vrai dire, Madeleine voit plutôt sa venue ici comme une liste de corvées. À la mort d'André, elle a vendu leur boulangerie et a pu se louer un petit appartement à Limoges tout en conservant leur maison. En réalité, la veuve d'André ne parvient pas à tirer un trait définitif sur le passé qui l'unit encore à ses vieux meubles.

Madeleine se plaît pourtant mieux à Limoges. Là-bas, il y a tous les commerces à proximité et, une fois par semaine, la vieille dame se paie même le luxe d'aller au théâtre ou au cinéma à pied. Le reste du temps, elle participe à divers ateliers de loisirs manuels. Poterie, couture, art floral. La vie de Madeleine est réglée comme du papier à musique et ce séjour à la campagne est le seul petit changement qu'elle s'octroie parfois.

Madeleine se trouve maintenant au cimetière. Comme à chaque fois qu'elle vient ici, il n'y a pas un chat. Cependant, au moment où elle s'avance dans la première allée grise, elle remarque, à l'autre extrémité, une silhouette. De dos et accroupie devant la tombe de son époux.

Les mains serrées sur ses cyclamens et le cœur battant, la vieille dame ferme les yeux. Un goût d'âtre se met à pénétrer sa gorge. Cette silhouette, elle la reconnaîtrait entre mille.

Son cœur explose et la ramène soudain cinquante ans en arrière.

*

Ce samedi-là, le 17 juillet 1954, c'était la fête du village. Madeleine se préparait. Elle venait de dénouer ses tresses et ses cheveux habituellement mous dessinaient une légère ondulation. Bouche ronde peinte en rouge et visage renversé sur l'édredon, elle rêvassait. Ce soir, elle aurait toute la nuit pour virevolter au son de l'orchestre. Annie Cordy, Édith Piaf, Patachou. Madeleine espérait que les musiciens joueraient les chansons de ses idoles. La jeune femme imaginait déjà ses bras noués à ceux des garçons, les jupes qui tournent. La joie qui affleure puis exulte.

La cloche retentit. Comme prévu, Louise venait la chercher. Son visage poupin un peu trop fardé, ses seins neufs et gonflés emmaillotés dans une jolie robe cintrée, la jeune voisine se tenait

45

désormais dans l'entrebâillement de la porte. Dieu, qu'elle était belle, Louise ! D'une beauté rose et généreuse, d'un genre de volupté qui se boit comme une liqueur chaude et enveloppante de fin de repas. Avec ce parfum d'enfance qui dormait encore sur la peau marbrée de ses bras ronds, on avait envie de la dorloter. Madeleine possédait un corps maigre, aux arêtes vives. Louise était tout le contraire.

La jeune voisine vivait comme on joue, comme on crie, comme on s'invente à soi-même de gais mensonges. Sa voix pointue s'élançait puis courait d'un mot à l'autre dans une parfaite insouciance. Louise ressemblait à une sorte de météore candide qui piétine des coquelicots en s'esclaffant et qui, la minute d'après, pleure de les avoir écrasés. Rougissante, honteuse mais tellement mignonne… On lui pardonnait tout. Ses maladresses, sa paresse, ses étourderies. La jeune fille s'en sortait toujours par une pirouette amusante ou quelques larmes de crocodile.

Et puis Louise était si gracieuse. Sa famille demeurait aussi modeste que celle de Madeleine mais sa mère, employée de maison au service d'une famille riche, récupérait et retaillait les vêtements devenus trop petits pour la fille de ses patrons. Ainsi, dans ses robes aux matières et aux formes élégantes, la jeune femme se sentait confiante et si ses parents travaillaient pour des salaires de misère et se tuaient à la tâche, Louise, elle, traversait l'existence comme on traverse un royaume.

Paraissant avoir six ans pour l'éternité et ne s'inquiétant pas le moins du monde, elle avait un appétit de vie et de jeu qui emportait aussitôt l'adhésion de tous. Garçons ou filles. Adultes comme enfants. D'ailleurs, Madeleine l'admirait pour ça, pour cette capacité à s'embraser sans peur. Elle qui se tourmentait pour tout et pour rien, qui se trouvait souvent sur la réserve, devenait une autre au contact de sa tourbillonnante voisine. Et ce soir du 17 juillet, la timide Madeleine allait, comme à chaque fois, se laisser emporter dans le merveilleux vertige de Louise.

*

Tandis que Jean plongeait son nez dans la tiédeur du cou de Louise, Madeleine tenait pudiquement le bras d'André. Tous les quatre vagabondaient sur le chemin communal qui menait du bois des Chambles à l'église. Leurs mains légères et leurs joues pourpres, sans cesse en train de plaisanter ou de se chercher, les jeunes gens formaient une belle équipe. Ça sentait bon le mois d'août et ses promesses d'avenir.

Jean et André avaient rencontré les deux voisines au bal de la fête du village. Ce 17 juillet, pendant que Louise dansait avec Jean, Madeleine était longtemps restée dans un coin sombre de la piste, se déhanchant légèrement un verre à la main, histoire de se donner une contenance. Beau, magnétique, les yeux comme frottés à vif par les ampoules des guirlandes accrochées aux châtaigniers de la place, André, lui, se trouvait à quelques mètres.

Son torse massif moulé dans un débardeur et ses jambes de colosse habillées d'un pantalon de flanelle parfaitement coupé, ce garçon plein de prestance rappelait à Madeleine sa petite existence aux bras trop courts, cette *vie de peu* comme le lui répétait sa mère depuis l'enfance. Lui, contrairement à elle, se mouvait avec aisance, et même la manière qu'il avait de tenir sa cigarette entre le majeur et l'annulaire dégageait une certaine épaisseur. Chez ce garçon, il n'y avait pas le pataugement que la jeune femme ressentait à chacun de ses pas. Au fond, pensait-elle, c'était le genre de gars qui ne lui appartiendrait jamais. Oui, c'était le genre de gars fait pour Louise, pour les princesses charmantes, pour celles dont la confiance s'inscrit sous les ongles dès la naissance. Cheveux blonds et lisses, genoux sans écorchures, jupes bien repassées, dents parfaites, visages replets. Des jolis corps uniformes et aimables.

Mais ce fut pourtant bien Madeleine, et uniquement Madeleine, que le beau et solide André avait choisi de faire tournoyer ce soir-là. Sa main dans celle du jeune homme, le cœur brouillé et les sens en alerte, la jeune femme s'était alors sentie glisser dans un monde parallèle, ou plutôt dans un délicieux précipice.

Peu après, assis sur l'herbe et loin de l'orchestre, ils s'étaient raconté leurs vies. André venait juste de terminer son apprentissage en boulangerie-pâtisserie et cherchait un fournil dans un bourg proche de Limoges pour s'installer. Son frère Jean, qui flirtait depuis près d'une heure avec Louise, ne ressemblait pas à André. Aussi maigre et blond que son aîné était brun et costaud, il portait un chapeau en feutre bordeaux et un costume ajusté de la même couleur, un peu dandy. André apprit à Madeleine que son frère, passionné de mode, avait l'intention d'ouvrir sa propre boutique de vêtements pour hommes. Les parents des deux frères étaient les descendants d'une lignée de commerçants-chapeliers qui tenaient encore à l'époque une échoppe très courue à Limoges. « Jean et moi, on a les affaires dans le sang », lui avait-il chuchoté à l'oreille en riant, juste avant de l'embrasser.

La chaleur s'attardait, les fenêtres des rues étaient restées ouvertes. On entendait le pépiement des gosses qui jouaient au ballon sur la place. André serrait la main de Madeleine et lui glissait des mots sucrés par-dessus l'épaule. Ce n'était pas dans l'ordre des choses mais, sur ce chemin communal, c'était bien le parfum de Madeleine que ce jeune homme séduisant avait dans la peau.

André aimait Madeleine.

Son torse plat, ses hanches de garçon. Il aimait tout de ses traits anguleux, de son corps sans formes. Ces formes qui, malgré la puberté et les plats en sauce écœurants de sa mère, ne s'étaient jamais installées.

Afin de trouver un peu de fraîcheur, les quatre jeunes gens finirent par pousser la lourde porte en bois sculpté de l'église. Pendant que les garçons restaient à palabrer dans l'entrée, Madeleine et Louise firent leur signe de croix et s'enfoncèrent dans la nef pour s'asseoir sur le même banc. Les vitraux reflétaient leurs couleurs vives sur les bras nus des jeunes femmes qui se parlaient à voix basse en gloussant. Pour la première fois, elles étaient toutes les deux amoureuses.

Des frères tels que Jean et André, c'était inespéré. Bientôt, elles pourraient faire partie d'une même famille. Elles, les voisines inséparables depuis la petite école, celles que leurs mères surnommaient *les deux doigts de la main*, terminant la phrase de l'autre sans même s'en apercevoir, devinant le moindre tracas et la plus petite joie chez l'une ou l'autre, pourraient perpétuer cette amitié où l'on peut s'abandonner, vaciller, être dans l'oubli du monde et s'en trouver heureuses. Ainsi, Madeleine et Louise conserveraient leur bulle de secrets et leurs précieux souvenirs d'enfants. À n'en pas douter, André viendrait installer son fournil près du magasin de Jean et les enfants qu'elles ne manqueraient pas d'avoir avec leurs époux partageraient un sang commun et une incroyable complicité. Le mariage n'éloignerait pas les deux amies. Bien au contraire.

*

Louise lut et relut le courrier mais les mots n'avaient toujours aucun sens. Son époux allait bientôt être rapatrié d'Algérie et ce qui aurait dû être une merveilleuse nouvelle ne l'était pas. Durant son service militaire, Jean avait sauté sur une mine qui avait déchiqueté sa jambe droite.

Dans les bras de Madeleine, plusieurs jours durant, Louise hurla sa douleur.

*

L e soleil était déjà haut et Louise faisait réchauffer le café de la veille après y avoir ajouté un peu de lait. Jean était déjà réveillé et avait tenu à petit-déjeuner avec sa femme. Mais sa présence la gênait. Son silence surtout. Jean pouvait rester assis des heures dans le rocking-chair du salon ou à la table de la cuisine sans dire un mot. Il n'ouvrait la bouche que pour demander à Louise de l'aider à se relever avec sa béquille. Et, selon ses humeurs, changer de pièce ou de siège.

La maison que les parents de Jean leur avaient achetée à son retour d'Alger n'était pas bien grande mais elle avait le mérite d'être de plain-pied. C'était déjà ça. Et puis, elle se situait à quelques pâtés de maison seulement de la boulangerie d'André et de Madeleine. Une petite consolation pour Louise mais une consolation tout de même. Une vie passée avec un époux infirme, voilà le genre d'histoire que son grand optimisme n'avait pas prévu. Il y avait cette jambe manquante bien sûr mais il y avait aussi cette peau brûlée sur les mains et le dos qui disaient une sauvagerie impossible à gommer. Il suffisait que Louise dévête et lave son époux pour se retrouver au plus près de la guerre.

Ce matin-là, comme tous les autres matins depuis le retour de son mari le 12 mars 1956, Louise aurait voulu parler à Jean, l'interpeller, lui dire mille choses. Peine perdue. Elle n'y parvenait pas. Pas encore. La jeune épouse se contentait de fixer ce qui restait de l'homme d'avant. Le brillant de sa peau, le duvet blond serpentant dans sa nuque de cuir épais. Mais elle avait déjà oublié combien elle avait aimé le brillant, la peau, le duvet, la nuque, le cuir.

Deux ans auparavant pourtant, il suffisait à cet homme d'esquisser un sourire pour la prendre dans ses filets et lui jeter un sort. Son souffle contre le sien, le pouls qui s'accélère, les veines qui se gonflent, il pouvait lire en elle. Elle se souvenait que le désir lui faisait même des taches sur le visage, comme un appel. Ou un appât. Seulement, tout avait changé et son homme si élégant et fier sous son chapeau de feutre n'était plus qu'un spectre.

« La vie m'a flouée », pensait-elle souvent.

*

Le sourire de Louise et sa belle peau d'enfant s'étiolaient. Même son corps perdait en consistance. Au début, elle s'inventait chaque jour une nouvelle raison de quitter leur petite maison. Une livre de beurre manquante, une lettre à poster, Madeleine qui avait besoin de son aide à la boulangerie. Et puis Louise s'était mise à sortir sans même en informer son époux, durant des heures, laissant Jean seul face à ses démons. Au mieux, elle allumait le poste avant de partir en pensant, avec une mauvaise foi coupable, que les voix radiophoniques lui feraient un peu de compagnie.

Pendant ce temps volé à son mari, Louise allait marcher dans la campagne. Pour en découdre, loin des regards de pitié. Rester dans le mouvement, s'agiter pour ne pas pourrir sur pied, laisser son corps penser pour elle et parvenir jusqu'au moment où il faudrait bien revenir. Dresser la table et préparer le souper, s'occuper de lui comme de cet enfant qu'ils n'auraient jamais. Lui qui n'était plus un homme, lui qui ne parlait presque pas.

Heureusement, avec Madeleine, Louise demeurait celle qu'elle avait toujours été. Du moins, elle s'efforçait de l'être, faisant comme si cette existence-là ne devait être que passagère. Avec Madeleine, la tristesse n'avait pas sa place et Louise parvenait même à se réjouir du petit ventre rond de son amie : après Nadine, leur première fille, André et Madeleine attendaient un deuxième enfant.

Déclaré soutien de famille, André, lui, n'avait pas combattu. André n'avait pas traversé la Méditerranée vissé à fond de cale dans sa bile, André n'avait pas découvert ce pays du désert à la grande beauté et à la cruauté sourde, il n'avait pas été parmi ces appelés dont on massacrait les frères au couteau ou à la hache. André, lui, avait échappé aux nuits dans les *djebels*, aux embuscades dans lesquelles il avait fallu, coûte que coûte, casser du *fellagha*, participer aux tortures, se montrer féroce. André, lui, avait toujours ses jambes et ses rêves. Et pendant que les jours de Louise étaient empesés par cette guerre lointaine qu'ici tout le monde s'efforçait de taire, Madeleine, elle, continuait à éclore.

*

Madeleine saignait depuis plusieurs heures. Le médecin avait dit que c'était normal, qu'il fallait bien que le petit être sans vie s'échappe de son ventre. Louise tenait la main de son amie et de temps à autre, elle passait un linge frais sur son visage souffreteux mais sans larmes. Madeleine désirait ce deuxième enfant mais elle n'osait pas se plaindre devant Louise. Elle ne voulait pas lui causer de peine. Alors, elle se taisait ou ne parlait que de sa douleur physique. En réalité, Madeleine avait honte d'avoir un mari valide et une petite fille en pleine santé. Des deux femmes, ç'avait pourtant été Louise la plus prometteuse, la plus ambitieuse. Le destin en avait décidé autrement.

*

Dans le jardin, tante et nièce se prélassaient contre le mur de clôture qui s'écroulait sous les glycines, la vigne vierge et les rosiers sauvages. La petite Nadine jouait sur l'herbe à la dînette et Louise en profitait pour admirer ses épaules dodues et la minuscule montagne de cheveux bruns et crépus qui couvrait son crâne.

Depuis deux années, Madeleine employait Louise comme nourrice. Cela mettait du beurre dans les épinards de Jean et de Louise. Même si Jean avait un meilleur moral et s'était remis à parler, il n'avait évidemment pas retrouvé sa jambe et se déplaçait toujours avec sa grosse béquille. Seules sa pension d'invalide ainsi que l'aide de ses parents et de ceux de Louise les faisaient vivre. Et c'était bien maigre.

Alors Louise travaillait pour Madeleine.

Après tout, il n'y avait pas de honte à ça. C'était bien payé et la petite Nadine lui permettait de desserrer les dents et de retrouver un peu de l'innocence perdue. Louise s'amusait avec sa nièce. Elle pouvait par exemple inventer les histoires les plus abracadabrantesques sans que l'enfant n'émette le moindre doute. Un jour, elle lui avait même fait croire qu'elle avait le pouvoir de se rendre invisible et depuis, Nadine était persuadée que sa tante se trouvait toujours à ses côtés. Le soir, au dîner, la petite fille ajoutait un couvert pour Louise à leur table et, au moment du coucher, elle lui souhaitait bonne nuit. Madeleine trouvait l'attitude de Nadine à la fois amusante et touchante. Les enfants sont pleins d'imagination.

*

—A lors, Nadine, raconte-moi un peu ce que tu as fait dimanche.

— On a été à la messe et après, on a promené le long du canal avec Moky. Papa et maman avaient l'air fâchés. Mais, tu le sais bien, tantine. Tu nous suivais. Je t'ai sentie dans le ciel juste au-dessus de moi. Tu te rappelles pas ?

— Si, mon ange, bien sûr. Mais je te l'ai déjà dit, quand je suis invisible après je suis très fatiguée et je ne me souviens pas. C'est pour ça que je compte sur toi pour me rappeler ce qu'on a fait ensemble.

— C'est vrai, ma tantine. J'avais oublié que je devais tout te dire.

— Mais oui ! Tu dois absolument tout me dire de ce qui se passe chez papa et maman. J'oublie si vite !

— Pauvre tantine… Ça doit quand même pas être facile tous les jours d'être une fée. Maman aussi, elle dit qu'elle est fatiguée. Mais elle, elle a pas de pouvoir magique. Et pis, elle est beaucoup moins drôle et gentille que toi.

*

Nadine ressemblait de plus en plus à Madeleine. Quand Louise regardait la petite, quelque chose s'ouvrait en elle et avait la force de l'évidence, celle-là même qu'elle avait éprouvée pour Madeleine dès la petite école. Louise aimait Nadine. Cet amour qui avait fait son lit au fil des ans était devenu sa raison de se lever le matin et de remplir sa vie. Presque chaque jour, tandis qu'André travaillait dans le fournil et que Madeleine tenait leur échoppe, Louise amenait et venait chercher Nadine à l'école puis elle la faisait manger à midi. Enfin, après la journée de classe, elle emmenait la petite fille jouer dehors pour éviter de faire du bruit et de déranger André dans sa sieste de fin d'après-midi.

Vadrouiller dans la campagne avec Nadine, respirer les saisons, courir sur les chemins de terre avec Moky à leurs trousses, dégueulasser leurs souliers en hurlant de rire : voilà ce qui permettait à Louise de jeter, pour un temps, ses tristesses et ses regrets par-dessus bord. Enivrées de liberté dans le ciel oxydé, selon les jours, de vert ou de gris, la tante et la nièce devenaient deux poulains au galop. Au retour, le front et le dos trempés, elles passaient saluer Madeleine à la boulangerie avant de filer dans la maison d'en face pour déguster la délicieuse brioche ou les pains au chocolat préparés par André. Parfois, Louise emportait Nadine chez elle et tante et nièce passaient un peu de temps avec Jean qui, lui aussi, adorait la petite. Dans ces moments-là, Louise ne pouvait s'empêcher d'imaginer quel foyer heureux elle aurait pu former avec son époux si celui-ci n'avait pas foulé le sol blanc d'Algérie.

*

En janvier 1960, Madeleine avait fait une deuxième fausse couche. Sa santé s'était dégradée et du matin au soir, elle restait dorénavant alitée. André avait d'ailleurs été contraint d'embaucher une vendeuse pour la boulangerie. Louise passait des journées entières à veiller sur Madeleine, lui faisant la lecture, jouant aux cartes avec elle, essayant de la faire sortir un peu. Mais Madeleine allait de mal en pis, elle perdait ses cheveux par touffes et maigrissait à vue d'œil. On aurait dit un oisillon sans défense. Un jour, le médecin de famille décida qu'il était temps de l'hospitaliser.

Ce qui devait durer une semaine dura de longs mois et André finit par demander à Louise de garder Nadine chez elle. Se levant très tôt pour allumer le four à bois et préparer la pâte à pain, il pouvait difficilement faire des allers-retours entre le fournil et la maison familiale où dormait sa fille. Et depuis le départ de Madeleine, Nadine dormait mal et faisait de nombreux cauchemars. Louise accepta la demande de son beau-frère et installa sa nièce dans la deuxième chambre, jusque-là inoccupée, de leur petite maison.

*

Nadine fêtait ses six ans. Avec beaucoup d'application et d'enthousiasme, Louise avait tout organisé. Bien sûr, le gâteau avait été préparé par André mais les bougies multicolores, les guirlandes de papier qui sertissaient les murs, les petits pots de friandises sur la table, la nappe cloutée de petits brillants, c'était l'œuvre de Louise.

Pour l'occasion, Madeleine avait obtenu une permission de sortie. Elle allait mieux. La veille, le médecin avait annoncé à André que son épouse pourrait rentrer deux jours plus tard et reprendre son travail à la boulangerie.

Son bras accroché à celui de son mari, Madeleine attendait donc sagement dans le canapé de Louise que Nadine rentre de l'école avec sa tante. Seulement, une fois arrivée à la maison, Nadine ne lâcha pas la main de Louise. Figée, la petite semblait incapable d'aller vers sa mère et le regard que lui adressa Nadine suffit pour que Madeleine comprenne : la fillette ne voulait plus cette mère-là, elle voulait Louise désormais. Louise, la jolie Louise, la souriante Louise, la fantasque Louise. Comment en vouloir à Nadine ? Madeleine était partie depuis trop longtemps.

Aussi, Madeleine n'insista pas pour que Nadine l'embrasse, elle décida qu'il lui faudrait être patiente. Après tout, Nadine n'était encore qu'une enfant, elle ne pouvait pas comprendre cette si longue absence et Louise avait fait du mieux possible pour la petite, elle avait agi comme n'importe quelle tante l'aurait fait pour sa nièce.

Pourtant, quelque chose gênait Madeleine. Elle n'aurait pas vraiment su dire quoi. Était-ce la maison de poupées toute neuve qui trônait dans la chambre provisoire de Nadine ? Ses si nombreux vêtements patiemment cousus par Louise ? Ou encore cette étrange manière qu'avait Nadine de suivre sa tante comme un chiot affamé ?

*

Jean était grippé et il avait envoyé sa femme récupérer un outil chez son frère. Louise angoissait un peu à l'idée de se rendre chez Madeleine, mais elle n'avait pas hésité. C'était là une occasion inespérée pour elle d'embrasser sa nièce et qui sait, d'obtenir une explication. Après l'anniversaire de Nadine, Louise avait cherché par tous les moyens à revoir sa nièce mais Madeleine avait été claire avec elle : elle voulait mettre de la distance entre sa fille et son amie de toujours. Louise n'avait pas compris cet éloignement. Après tout ce qu'elle avait fait pour elle et pour sa nièce... Madeleine la privait de son seul bonheur.

André lui avait ouvert. Madeleine était partie rendre visite à ses parents avec Nadine et il s'apprêtait à aller pêcher dans son étang. Toutefois, il avait gentiment invité sa belle-sœur à l'accompagner.

— Ça fait un bail qu'on se voit plus, on discutera en chemin.

Louise savait qu'elle n'aurait pas dû accepter mais elle l'avait suivi.

Ils avaient d'abord parlé de la pluie et du beau temps. Quelques minutes plus tard, après avoir visité la cabane en bois qu'André avait aménagée en face de l'étang, ils s'étaient posés devant l'eau verte avec deux cannes à pêche.

Ce jour-là, André venait de se disputer avec Madeleine et il en avait gros sur le cœur. Alors, auprès de cette belle-sœur qu'il ne voyait presque plus, il avait vidé son sac. Il lui avait d'abord parlé de Nadine, cette enfant qu'il chérissait, qu'il nourrissait, qu'il respirait même, mais qui l'avait tant éloigné de sa femme. Il avait raconté à Louise ces promesses que Madeleine et lui ne tenaient plus, leurs corps dévoués pour l'enfant, les tendres sacrifices, les premiers tourments. Il sentait bien que les joies conjugales se découpaient en morceaux de plus en plus fins, de plus en plus rares. Et puis, il y avait ce corps devenu mère qui s'alourdissait et s'épuisait, ce corps devenu père qui se rétractait et se cachait. Et depuis les deux fausses couches de Madeleine, il y avait aussi ces peaux qui ne se disaient plus grand-chose, qui ne menaient plus les conversations nocturnes des débuts. Ces peaux qui, à tout juste trente ans, se reposaient déjà.

Et ça avait commencé comme ça. Louise ne savait pas vraiment comment c'était arrivé.

Son beau-frère l'avait embrassée. L'avait déshabillée.

Pour Louise, ç'avait été comme défaire les sangles du malheur et partir, rejoindre une autre contrée, se rincer des manques et des désillusions. Cette chair d'homme en pleine santé comme un nouveau terreau.

Et là, dans la cabane de l'étang, Louise avait tout relâché, abandonnant ses lèvres sur la crête des larges épaules, s'enivrant des remous de leurs langues, de leurs corps rompus de fatigue. Refusant à tout prix de se rendre.

*

Il récupérait le pain sec pour le donner aux canards de l'étang. Positionnée derrière lui, Louise regardait la chair piquetée de ses grandes mains qui fouillaient le sac plastique, le vent qui se prenait entre ses doigts. Elle se dit que ses mains de boulanger avaient l'air plus vieilles que son corps.

C'était à cet endroit, près de l'étang qui lui appartenait, que depuis plusieurs semaines André donnait rendez-vous à Louise. Et c'était pendant ces après-midi-là, pensant que son mari se reposait seul dans ce lieu qu'il affectionnait beaucoup, que Madeleine tenait la caisse de leur boutique.

Madeleine avait compris qu'il y avait quelqu'un d'àutre. Une petite voix tremblait dans sa tête mais elle se taisait.

« C'est une passade », se rassurait-elle.

Très vite cependant, elle ne supporta plus la manière qu'il avait de tenir sa cigarette, la trouva ridicule. Un soir qu'elle lui faisait un reproche, il lui dit qu'elle ressemblait à sa mère et elle le détesta.

*

Cela devait finir par arriver. Quand Louise vit la porte de la cabane s'ouvrir, André et elle étaient l'un sur l'autre, nus et transpirants. Pourtant Louise ne poussa pas de cri, ne chercha pas même à cacher leurs deux corps coupables sous le drap. Et même, plutôt que de rester là, dans le silence et la gêne, elle se redressa, s'avança vers Madeleine et l'enlaça.

Ce fut la dernière fois que les deux amies se respirèrent.

*

L a vieille Madeleine se trouve désormais à quelques mètres derrière la silhouette qui sanglote. Sa première réaction est l'envie de crier son nom et de s'élancer vers elle. Seulement, les souvenirs malheureux remontent vite, trop vite dans sa gorge. Louise est cette femme qui l'a sans doute aimée et qu'elle a aimée le plus au monde mais elle est aussi cet être malfaisant qui a tenté de lui voler sa fille puis son époux. Louise, au fond, c'est le frisson de la douceur et de la douleur en même temps, la sensation déchirante des regrets et des reproches plantés dans le derme.

Les deux doigts de la main.

Madeleine a beau être une vieille dame désormais, le chagrin est toujours présent. Le manque de Louise aussi. Quand elle y songe, Madeleine voudrait serrer sa Louise contre son cœur, lui trouver des circonstances atténuantes, lui pardonner… Après tout, cette chienne de vie ne lui a pas fait de cadeau non plus.

Mais subitement, la silhouette se tourne et montre son visage. Regard charbonneux, traits secs, peau laiteuse.

Ce n'est pas Louise.

Bien sûr que ce n'est pas Louise.

Et d'ailleurs, cette pauvre et triste femme n'est pas devant la tombe d'André mais face à celle d'un autre défunt.

Madeleine aurait tant voulu que ce soit réel, retrouver la rondeur et le rire inimitable de Louise. Mais son amie est morte depuis si longtemps maintenant. Madeleine sent encore sa peau nue et moite qui l'enlace avant de courir vers l'étang glacé et d'y laisser son dernier souffle.

MA VIEILLE AMIE

Jessica Cymerman

*À mes amies d'enfance, d'adolescence
et de ma vie adulte.
Quelle chance j'ai de vous avoir !*

Vous avez remarqué comme les femmes présentent leurs amies en ajoutant systématiquement un mot devant, une sorte de particule qui ferait chic : « ma bonne amie », « ma meilleure amie » ou encore « ma vieille amie » ?

Comme si « amie » simplement, c'était déjà bien mais pas encore assez.

Moi, j'avais une vieille amie.

*

Une vieille amie, ça veut dire qu'on a fait les quatre cents coups ensemble, qu'on a échangé nos sangs autour d'un pacte étrange vers huit ans, qu'on a eu un bracelet d'amitié qui s'il venait à se casser verrait nos rêves se réaliser ou se briser, qu'on a ri quand un mec nous a regardées pour la première fois et qu'on se l'est raconté en chuchotant dans les toilettes de l'école où l'on avait gravé nos deux prénoms, qu'on a parlé des heures au téléphone jusque tard dans la nuit avec les parents qui gueulent derrière la porte, qu'on a fait le mur vers quinze ans et aussi du stop l'été à la campagne, qu'on a osé l'école buissonnière pour siroter un chocolat chaud au café du coin, qu'on a tenté de se maquiller l'une l'autre, qu'on est allées à la plage apprivoiser les vagues et s'enterrer les pieds sous le sable, qu'on a partagé un rimmel, qu'on a parfois été jalouse quand elle a rencontré une autre amie, qu'on s'est allongées ensemble sur l'herbe verte en fermant les yeux et disant : « Imagine on se réveille dans cinquante ans. »

C'était le mois de juillet. Nous avions neuf ans et étions en classe de CM1 à l'école primaire Jean-de-La-Fontaine à Dreux. Mes parents avaient proposé aux siens de l'emmener à la montagne. Papa avait un chalet de famille là-bas et il disait que la montagne, même en été, c'est chouette.

Elle et moi, on était amies depuis le CP. La maîtresse nous avait dit de nous asseoir à côté parce que son nom de famille et le mien étaient collés. Son nom de famille commençait par BIR et moi par BIS. Je me suis souvent demandé si notre amitié était le fruit du hasard ou de l'alphabet. Si elle s'était appelée Mathilde CARON et moi Joséphine DEMONGET alors tout cela, toute notre amitié aurait-elle existé ? Va savoir.

Nous sommes donc partis à la montagne, pas très loin de Grenoble, à Morzine.

Ses parents étaient en plein divorce, elle était fille unique et je crois bien que la perspective de cette semaine au grand air la réjouissait. Non, en fait c'était d'être avec moi qui la réjouissait. Elle me disait que j'étais comme une sœur pour elle. Moi j'avais déjà deux grands frères donc je n'étais pas contre cette idée de sœur choisie.

On se ressemblait d'ailleurs. Les gens nous prenaient réellement pour des sœurs. Elle et moi avions les yeux bleus, les cheveux blonds, une bouche charnue et la peau très claire. Le fait de jouer à être des sœurs était pour elle comme pour moi un moment de joie immense.

Un jour, il faisait encore doux, on est allées se promener toutes les deux. Maman m'avait dit de ne pas trop nous éloigner, que la nuit tombait tôt et qu'elle n'avait pas envie de s'inquiéter.

On avait neuf ans, on n'a pas vu qu'on partait trop loin.

Ma gourde et la sienne étaient vides, j'avais chaud. Alors je lui ai dit : « Allez viens, on fait une pause. »

La clairière était très verte, le ciel encore bleu. Nous nous sommes allongées par terre, côte à côte, main dans la main. À ce moment-là nous étions seules au monde, heureuses d'être vaguement perdues. Nous étions ensemble, il ne pourrait rien nous arriver. On a commencé à trouver des formes aux nuages, à rire en pensant à certains de nos camarades et à un moment donné elle a proposé : « Et si on fermait les yeux ? Viens, on dort ! »

Évidemment ça n'a pas marché et la curiosité a piqué nos regards.

J'ai rouvert les yeux et j'ai lancé : « Imagine, on est dans un monde différent. On ne s'en est pas rendu compte mais on a dormi longtemps et là on est en 2050. »

Pourquoi 2050 ? Je ne sais pas. Ça me paraissait loin car en vrai de vrai on était en 1991.

On a joué à ça. À être dans un monde qui retrouvait deux petites filles qui s'étaient endormies en 1991. On a imaginé ce qu'étaient devenus nos parents, mes frères et la maîtresse aussi. Tu crois qu'elle est morte, la maîtresse ?

On se tenait la main et du haut de mes neuf ans, j'ai pensé alors que je voudrais que cela soit vrai, qu'on ne nous retrouve jamais car avec elle, j'avais la meilleure amie que je pourrais jamais avoir.

Et, comme si elle avait lu dans mes pensées, elle a dit : « On sera toujours les meilleures amies, hein ? »

J'ai serré sa main dans la mienne, j'ai souri.

Merveilleux moment suspendu dans le temps au pays de l'enfance.

Dix minutes plus tard, mes parents nous retrouvaient.

*

Une vieille amie, ça veut dire qu'on a fait des soirées pyjama avec des bonbecs acidulés, qu'on a dansé sur Claude François comme des barges, qu'on est allées à notre premier concert ensemble, qu'on a essayé de faire de la zumba ou du yoga ensemble, qu'on s'est filé le contrôle en avance si l'une l'avait avant l'autre, qu'on a dansé en boîte avec des talons de douze centimètres et qu'on a fini pieds nus à 3 h 30, qu'on a pleuré ensemble lorsque l'une a été malheureuse, qu'on a maté *La Boum* ensemble en rêvant d'être Vic, qu'on a kiffé tous nos 31 décembre à se hurler « Bonne annéééééée ».

Un soir de réveillon, on avait seize ans et, pour une fois, on n'était pas ensemble. Elle était partie à New York, elle disait Nouyoke, avec son père et sa nouvelle meuf qui avait vingt-cinq ans. Elle avait les boules que sa belle-mère ait seulement neuf ans de plus qu'elle. Ça la saoulait de partir à New York, elle aurait voulu rester avec moi et fêter comme chaque année le passage à l'année d'après avec sa BFF.

À minuit heure française, elle m'a envoyé un SMS. « Bonne année ma morue. Tu me manques. »

Et puis, à minuit heure américaine, elle a refait le même SMS mais en anglais. « Happy New Year my morue. Miss you. »

Ce soir-là, elle m'a manqué. Dès lors, nous avons fait un pacte, celui de ne plus jamais fêter les réveillons l'une sans l'autre.

— *Même à quatre-vingt-sept ans ?*

— *Ouais, on sera en maison de retraite, on fera la bringue.*

— *Je nous imagine bien, tiens !*

— *On sera les queens de la maison de retraite, toi et moi.*

*

Une vieille amie, ça veut dire qu'on a échangé nos soutifs, qu'on lui a raconté notre première fois avec tous les détails en montrant la taille du sexe du mec sur l'échelle d'une main, qu'une fois on est allée dire au gars qui la faisait pleurer que c'était un connard et qu'il aurait affaire à nous s'il recommençait, qu'on a ri mille deux cents fois à la même vanne ensemble, qu'on est parties faire une randonnée sur le GR5 sous un soleil de plomb, qu'on se connaît par cœur, qu'on a envie de week-ends ensemble, qu'on reconnaît son parfum à la fleur d'oranger à dix mètres, qu'on n'est pas toujours d'accord mais qu'on l'accepte, que quoi qu'il arrive on sera liées, qu'on s'autorise parfois à ne pas se parler durant des jours mais que ce n'est pas grave, qu'on a un fil WhatsApp plus long que l'univers, qu'on s'envoie des blagues et des recettes de cuisine sur ce fil, qu'on est la marraine de ses enfants, qu'on a bu jusque tard dans la nuit du Malibu à seize ans puis de la vodka à vingt-deux ans, qu'on a été témoins de ses hauts et de ses bas, qu'on a dû se soutenir quand l'une a eu son bac avec mention et l'autre pas, qu'on connaît la chanson préférée de l'autre et même celle qu'elle a choisie pour son enterrement.

Quand sa grand-mère est morte, elle n'a proposé à personne de venir au cimetière sauf à moi. Faut dire que j'étais la seule à l'avoir connue, Georgette. Chaque samedi depuis nos dix ans, j'allais boire le café chez elle. Toute la famille se retrouvait là-bas à refaire le monde, à manger des macarons et à critiquer tout le quartier. Moi j'étais comme de la famille. J'étais là et c'était normal après tout puisque j'étais la meilleure amie. Alors, quand Georgette est morte, je suis allée à son enterrement. Elle n'avait pas laissé de volontés particulières sauf qu'on chante L'Internationale. *Et c'est ce qu'on a fait.*

— Tu voudras quoi à ton enterrement comme musique, toi ?

— J'sais pas, morue, je suis immortelle de toute façon.

Moi j'ai dit qu'à mon enterrement je voulais une chanson de Michel Berger, n'importe laquelle. Elle a souri, m'a serrée dans ses bras et elle a répondu un truc comme :« T'es con, tu vas jamais mourir, toi non plus. Tu m'imagines sans toi, ma morue ? »

*

Une vieille amie, ça veut dire qu'on sait ce qu'elle n'aime pas et ce qu'elle aime, qu'on a l'habitude qu'elle ajoute du sel dans ses plats sans même les goûter, qu'on peut dire avant elle ce qu'elle va dire, qu'on aime se faire un délire au karaoké même si on chante mal – surtout si on chante mal –, qu'on la rassure quand elle nous dit qu'elle a encore pris deux kilos, qu'on la trouve belle tout le temps malgré les années qui passent, qu'on adore son chien dont on a choisi le prénom ensemble, qu'on s'est écrit des tonnes de lettres vers quatorze ans, qu'on n'envisage pas la vie sans elle, qu'on sait en un seul regard quand ça va pas, que quand on voit certains objets on pense à elle, que quand on lui envoie trente roses pour ses trente ans et qu'on ne signe pas elle sait que c'est nous, que d'une caresse dans les cheveux on se fait du bien, qu'en aucun cas on se juge, que ses enfants sont comme des neveux et nièces, qu'on connaît les surnoms de ses douze collègues sans les avoir jamais vus.

Elle bossait dans la comm. J'ai jamais bien compris en quoi consistait son job mais en gros elle travaillait pour La Revue du cheval français.

— *Mais attends si le cheval il est belge, ça se passe comment ?*

— *T'es con ! Le cheval il peut être américain ou suisse, c'est mon magazine qui est français, morue !*

— *Admettons. Bon, et comment va tarte à la fraise ?*

— *Tarte à la fraise me drague toujours autant et je l'envoie toujours autant balader mais il reste moins relou que cheveux de riche avec sa voix de bourge.*

Elle avait refilé des surnoms à ses collègues et moi je ne les connaissais que sous leurs surnoms. Ainsi tarte à la fraise car le type ramenait chaque matin une tarte à la fraise au bureau. Une fois, elle m'avait téléphoné en douce depuis les toilettes en pouffant « Rien ne va plus, ma morue, tout fout le camp, tarte à la fraise s'est ramené avec une tarte à l'abricot » et on avait ri.

Il y avait aussi cheveux de riche, faux cils, seins refaits, tête de cul ou chinchilla.

*

Une veille amie, ça veut dire qu'on planquerait un corps pour elle à 2 heures du matin sans lui demander d'explications, qu'on sait qu'elle n'aime que la confiture de framboises parce qu'elle est allergique à la fraise, qu'on sait bien qu'elle se fait une teinture même si elle jure que non, qu'on n'a pas honte quand elle nous enlève un point noir, qu'on est OK qu'elle nous tire avec une écharpe en plein hiver lors d'une randonnée dans la neige parce qu'on est épuisée, qu'on lui laisse la place près du hublot dans l'avion car on sait qu'elle est malade autrement, qu'on connaît mieux qu'elle les voyages qu'elle a faits et les amants qu'elle a eus.

On avait une liste d'amants. Enfin surtout elle, parce que moi j'avais connu peu de mecs dans ma vie. Il lui arrivait d'oublier les noms des mecs avec qui elle avait passé une nuit et alors elle me téléphonait pour me demander : « Ma morue… Jordan, j'ai couché avec lui ou pas ? Me souviens plus ! »

Et moi, je sortais la liste et je lui disais si, oui ou non, elle avait couché avec Jordan.

*

Une vieille amie, c'est quand on a ressenti sa peine dans notre corps lorsqu'elle a enterré ses parents, quand elle nous envoie chaque année un SMS à la date anniversaire de la mort de notre mère, quand elle nous a portée sur son dos un soir où on avait trop bu, quand elle nous a confié ses doutes sur son mec, quand on a dû lui dire que oui, son mari la trompait et qu'on a eu peur de sa réaction, quand elle a avorté et qu'elle est venue se réfugier chez nous, quand on sait qui est son chanteur préféré et qu'on lui offre l'album vintage, quand on a fait six cents chorégraphies durant notre jeunesse sur les Spice Girls, quand on est allées en colo pour la première fois ensemble, quand on a fait des joggings foireux le dimanche matin sous la pluie et que ça a fini en bière au café du coin, quand au son d'une chanson on s'est regardées et on a su ce que ça nous évoquait, quand elle est malade et qu'on va lui apporter à manger, quand entre nous il n'y a pas de non-dits, quand tout est assez simple, quand elle sait pertinemment qu'il ne faut pas évoquer certains sujets devant nous, quand on n'a pas toujours les mêmes idées politiques mais qu'on arrive à échanger sans se fâcher, quand on a fumé notre première clope ensemble, puis notre premier joint.

Elle m'a dit : « Moi, ça ne me fait RIEN » en tirant sur un joint. On avait dix-sept ans. J'ai essayé. Ma tête a chaviré et je suis tombée, bam, d'un coup sec, dans ses bras. Elle avait toujours été plus forte que moi, les joints, les clopes et l'alcool n'avaient jamais eu d'effets sur elle.

— T'es un roc en fait !
— Ouais, et toi une morue toute fragile !
— Tu nous enterreras tous, connasse !

*

97

Une vieille amie, c'est quand on se réjouit sincèrement de son bonheur, quand on est la seule au monde à pouvoir lui dire qu'elle déconne, quand on sait le nombre de grains de beauté qu'elle a sous le pied, quand on a joué à se couper les cheveux parce que le coiffeur c'est trop cher, quand on a fantasmé sur Leonardo DiCaprio au point de l'attendre devant son hôtel parisien à quatorze ans, quand elle m'a dit « Ça fera pas mal » en tentant de me percer les oreilles comme dans *Grease*, quand on avait rendez-vous tous les samedis à 17 heures pour mater *Sous le soleil* ou *Beverly Hills*.

Je me souviens un samedi en fin de journée, on avait seize ans, elle m'a téléphoné en larmes en hurlant : « Mais Sam est mort, putain ! Sam est mort ! » J'ai tout de suite capté, c'était l'heure de Sous le soleil. *Le personnage était mort et ça l'avait mise dans un état pas possible.*

— J'hésite à te l'annoncer maintenant du coup... mais Charles Ingalls aussi.

— Mais que t'es con, ma morue !

*

Une vieille amie, c'est quand on la surnomme ma caille dorée, quand on a joué aux billes rose fluo à neuf ans, quand on a pris des milliers de trains pour partir faire un périple en Inde avec un sac à dos, quand on a partagé une bouteille de rosé un soir sur un plaid face au coucher du soleil devant la mer bretonne, quand sa famille est devenue la nôtre, quand on a ce souvenir commun d'un prof de maths qui nous a accusées de tricher ensemble en classe de seconde, quand une fois on a grugé dans le métro à vingt ans et qu'on s'est fait gauler, quand on a eu envie vers l'âge de douze ans de monter une multinationale qui porterait nos deux prénoms accolés, quand on s'est permis de lui dire que là elle déconnait avec ce mec, quand on sait que son kiff dans la vie c'est de collectionner les aimants les plus ringards de l'univers et qu'on lui en offre souvent pour son frigo, c'est quand on a fait notre première manif contre le racisme ensemble vers quinze ans, quand elle a appris que son père n'était pas vraiment son père et qu'elle nous a téléphoné en larmes, quand on a dansé en boîte de nuit sur Janet Jackson et que, ô miracle, ladite Janet était dans la même boîte que nous, quand on s'est raconté comment avoir un orgasme uniquement par la pensée, quand lors de notre première grossesse on avait décidé que, quel que soit le sexe de l'enfant, il porterait son prénom à elle en deuxième prénom, quand son mec et le nôtre sont devenus à leur tour des amis, quand on a tenté trente-six fois de la convaincre de goûter enfin la raclette, quand on est parties skier ensemble et qu'on s'est perdues dans la nuit au sommet d'une montagne en se disant qu'au pire on mourrait ensemble (et que finalement on était à trois mètres d'une station).

*

Une vieille amie, c'est celle qu'on peut planter sans gêne un vendredi soir une heure avant d'aller à un concert de heavy metal parce qu'on a mal au crâne, des frissons, 39,5, la gorge en feu, et une super envie de légumer au chaud devant *Pretty Woman*, en mangeant un pot de glace *cookies & cream* et qu'elle répond : « T'inquiète, ma morue, je vais revendre ta place devant ! Gros débrief demain vers midi autour d'un poulet rôti et *of course*, j'apporte ton petit bourgogne préféré. »

*

Vers 20 h 30, ma vieille amie, ma caille adorée, m'a envoyé un selfie d'elle, une pinte de bière à la main et plein de mecs tatoués autour d'elle, avec ce message : « Pas vendu ta place mais plein de nouveaux amis hahaahah ! Ambiance de ouf, tu rates, ma morue du désert . À demain, chérie. »

Ensuite elle a ajouté cette photo sur son compte Insta en me taguant.

#lafolie #grosseambiance #novembreisfun #eaglesofdeathmetal #bataclan #vivelavie

*

À mon réveil, vers 6 heures du matin, je me suis levée, j'ai fait un tour aux toilettes. Ma gorge me faisait encore mal mais la fièvre avait baissé. Il pleuvait, un vrai temps d'automne et je me suis dit : « Chouette, elle va débarquer vers midi, j'ai le temps de me rendormir. »

Je suis retournée sous ma couette, j'ai pris mon téléphone qui était posé en mode silencieux sur ma table de nuit. J'aime bien zoner sur les réseaux sociaux le matin tôt, alors que tout le monde dort encore.

Lorsque j'ai allumé mon téléphone, j'avais une longue liste de notifications. Cent trente-quatre messages sur WhatsApp et autant sur Insta.

Je n'ai pas compris tout de suite, il m'a fallu relire plusieurs fois les WhatsApp affolés de mes parents, de mes frères et de mes enfants. À nouveau j'ai senti ma gorge s'assécher. Ma langue est devenue râpeuse et mes mains se sont mises à trembler au rythme rapide des battements de mon cœur.

Sur Insta, sous sa photo, j'ai fait défiler des centaines de commentaires.

« T'es où ? »

« Putain donne des news. »

« Tu es en sécurité ? »

Ça s'est mis à cogner dans mon corps. Des bouffées d'angoisse ont saisi ma poitrine. La peur m'a envahie, froide, glaçante, terrifiante.

Mon esprit a chaviré.

J'ai saisi la télécommande de mon téléviseur.

BFM tout de suite. La mine blême des présentateurs, leurs regards hagards, les larmes des témoins, l'interview d'un pompier à bout de souffle, ces mots-là qui sont venus percuter mes oreilles d'une façon assourdissante.

Et la photo du compte Insta de ma vieille amie. « Le dernier cliché que l'on possède de l'intérieur de la salle hier soir », a dit la présentatrice télé. Son visage. Son sourire, sa bière à la main, entourée de ces mecs. Cette photo qu'elle m'avait envoyée et qu'elle avait postée sur Insta.

Saisie d'effroi. Incapable de bouger. Sans voix.

Quelques minutes encore mon esprit a essayé de repousser l'intrusion du réel. Laissez-moi encore quelques moments de joie et d'insouciance, laissez-moi me rendormir, laissez-moi, laissez-moi.

Pendant que cette nuit je dormais, il y avait eu une tuerie dans cette salle de concert. Ils sont entrés, ont tiré dans la foule. Certains ont réussi à s'échapper, d'autres ont arrêté de respirer et se sont fait passer pour morts. Les derniers ont été mitraillés d'une balle dans la tête, dans la poitrine ou dans les poumons. Des centaines de blessés.

*

Après quelques minutes, j'ai téléphoné, rassuré les miens, interrogé, appelé la police, son mec, les hôpitaux.

Et je me suis tapé la tête contre les murs.

Littéralement. Avec frénésie et folie.

À midi, on a su. On a retrouvé son corps sans doute encore chaud d'avoir été recouvert de ceux d'autres victimes.

Morte sur le coup, son portable accroché à sa main.

*

Sur elle, on a retrouvé deux billets de concert. Le sien, le mien.

Je n'aurai plus jamais de vieille amie.

LA PROMENADE NORMANDE

Olivier Liron

Je me souviens très bien de ce que m'avait dit ma meilleure amie Leslie, deux jours plus tôt, au Café des Coyotes, le petit café qui fait l'angle du boulevard de la Villette et de la rue Sainte-Marthe :

— Viens, on y va.

Leslie rêvait d'être cinéaste. Elle s'était mis en tête de tourner un film sur les Vikings et m'avait convaincue de partir avec elle en Normandie faire des repérages. Pendant les semaines qui ont précédé notre départ, Leslie me parlait tout le temps de la Normandie. Elle disait des choses vraiment bizarres :

— La vraie vie est normande, Vanessa !

Ou encore :

— Il faut vivre comme si on se promenait au bord de la mer ! Vivre c'est une promenade…

une balade sans espoir, une ballade joyeuse qu'on peut jouer au ukulélé. Tu comprends ?

— ...

— Si tu ne le comprends pas, il serait grand temps de le comprendre, ma grande saucisse ! disait Leslie en s'enflammant. Toi qui aimes tant les livres, est-ce que tous les romans ne sont pas aussi des promenades ?

*

Depuis quelques années, Leslie était dévorée par quelque chose de fou. Ce qui occupait son esprit tourmenté, c'étaient les Vikings, avec leurs navires drakkars aux rostres de monstres, aux proues tournées vers l'inconnu. Elle avait envie de partir sur les traces des Vikings. Elle me parlait pendant des heures des sagas scandinaves, de la très ancienne saga nordique d'Erik le Rouge, de la Saga des Groenlandais et de Leif Eriksson, fils d'Erik le Rouge et petit-fils de Thorvald Ásvaldsson, que l'on appela Leif le Veinard. Un soir de brume, Leif découvrit une terre lointaine et fabuleuse, le Vinland, avant de sombrer mystérieusement dans la folie. Cette terre inconnue s'appellerait, plus tard, l'Amérique. Au terme de je ne sais quelles investigations farfelues, d'enquêtes généalogiques dont elle avait le secret, Leslie était convaincue d'être la descendante directe du grand Viking Leif le Veinard.

— Mes ancêtres vikings…

— Tu as des ancêtres vikings, maintenant ? Je croyais que tu étais berrichonne !

— Mes ancêtres ne se sont jamais arrêtés, disait Leslie. Ils étaient des hors-la-loi, des proscrits. Ils voulaient fonder un autre monde… Ils naviguaient à l'estime, comme disent les navigateurs. Sans autre boussole que leur flair. Ils étaient éperonnés par leur fringale d'émotions inconnues. D'ailleurs, les Vikings ont découvert les Amériques bien avant l'autre usurpateur, le grand bachi-bouzouk de Gênes que l'on appelle parfois Christopher Colombus et parfois Cristóbal Colón et parfois Christophe Colomb.

Bref, il y avait Leslie. Différente. Différente et attachante. C'était vraiment une drôle de meuf, Leslie. Mais cette drôle de meuf, c'était ma meilleure amie, on avait tout vécu ensemble : je ne pouvais pas la laisser partir toute seule quand elle avait une idée comme ça derrière la tête. J'avais pris l'habitude de la suivre dans ses lubies et ses délires artistiques. Et puis, j'avais envie d'une longue promenade, d'une balade normande au bord de la mer, de foncer dans les champs de blé, de respirer dans la confidence des herbes.

La seule compagnie qui vaille quand on est triste. Quand on est seul. Mon copain Félix m'avait quittée quelques semaines plus tôt et j'avais encore bien du mal à me remettre de cette rupture. Alors j'ai accepté de partir avec elle.

*

— *The car is foule ?*

Après avoir pris un train, nous descendîmes à Caen avec le projet de louer une voiture. L'employé de l'agence de location Avis de la gare de Caen baragouina quelque chose en anglais à l'intention d'un jeune couple qui s'apprêtait à prendre la route au volant d'une Twingo vert asperge. La femme avait un imperméable rose à capuche et des Reebok flambant neuves, et l'homme semblait un peu agacé.

Derrière le comptoir, l'employé de l'agence recevait les clients avec un visage froid et inexpressif, d'où ressortaient seulement de petits yeux très vifs, à l'éclat coupant et inquisiteur. Les vacanciers inspectèrent la voiture. L'employé s'assura que tout était en règle et répéta sa question :

— *The car is foule ?*

Devant l'assentiment timide du jeune couple, l'employé hocha la tête avec énergie. Il y avait dans cet homme quelque chose d'indéfinissable ;

un mélange de professionnalisme commercial, d'amour sincère de l'automobile et de discrète fierté polyglotte.

— *So I do not change your opchonnes !*

Puis, comme un nouveau couple s'affairait autour d'une Picasso, l'employé quitta le comptoir, tourna le dos aux touristes britanniques et s'élança à petites enjambées vers ses nouveaux clients. (Un peu comme une sauveteuse d'*Alerte à Malibu* s'élance vers de jeunes baigneurs en détresse, me fit remarquer Leslie.)

L'unique pièce de l'agence était éclairée par un néon qui versait une lumière glauque. La moquette datait au moins du premier choc pétrolier. Je m'approchai du comptoir sur lequel une peinture noirâtre commençait à s'écailler par endroits. Les murs de la petite pièce étaient couverts d'immenses images publicitaires, avec des formules de location incompréhensibles et de grandes colonnes de chiffres rouges.

Au retour de l'employé, Leslie demanda s'il était possible de louer la voiture qu'on avait réservée par avance, sur Internet. Elle précisa que, malheureusement, elle n'avait pas sa carte en sa possession. Aussitôt, l'étrange employé se rembrunit. Il se cura le nez puis répondit sèchement que, sans la carte de crédit, il était impossible de finaliser la réservation.

J'essayai de détendre l'atmosphère :

— C'est un anglicisme, interrompis-je.

— Comment ça ? dit l'employé.

— Un anglicisme. Je pense que c'est un anglicisme, « finaliser la réservation ».

Leslie, elle, ne m'écoutait pas. Elle s'en tamponnait, de mon obsession pour la grammaire. Elle crut bon de préciser qu'il ne s'agissait que de papiers d'identité.

— Quand je parlais de carte, dit Leslie, je parlais de ma carte d'identité. J'ai ma carte de crédit, seulement je n'ai aucun papier d'identité en ma possession.

L'employé sortit de sa réserve, haussa un sourcil prudent. Il manipula pensivement une petite cagette de trombones multicolores.

— Il ne faut rien exagérer, trancha-t-il. Pas besoin de carte d'identité, mesdames. Vous avez déjà tout validé par Internet. Je n'ai besoin que de la carte de crédit. Après tout, je ne fais pas partie de la police.

— On ne sait jamais, dit Leslie.

L'employé assura avec véhémence que non. Il n'était pas de la police.

— On ne sait jamais, insista Leslie avec sa tendance à tout répéter pour se foutre de la gueule des gens qui me mettait terriblement mal à l'aise. On ne sait jamais…

Leslie aimait à répéter les choses. Une façon comme une autre, disait-elle, de gripper les rouages bien huilés de la communication marchande. Il faut toujours répéter, ces gens-là croient qu'on répète, et un jour qu'on répète ça va leur péter à la gueule pour de bon. J'enviais la facilité avec laquelle elle sabotait les échanges avec les gens quand elle en avait envie.

— Je crois qu'on ne sait jamais, continuait à répéter Leslie en boucle, devant l'employé médusé. Et peut-être même qu'on ignore toujours.

*

— Une Panasonic HMC 151 ! s'était exclamée Leslie. Voyons un peu ce qu'elle donne…

Tout en conduisant, Leslie avait allumé sa petite caméra, et faisait quelques réglages tandis que nous déambulions dans les rues. Elle levait parfois la tête pour regarder la route, m'exposer ses vues sur la fraternité entre Eminem et Mozart, me confier la recette des artichauts à la barigoule, ou s'enthousiasmer sur l'importance des mouches dans la peinture italienne du Quattrocento.

— Alors tu vois, copine, les artichauts à la barigoule…

— La dernière fois, Leslie, tu n'étais pas bloquée sur l'omelette aux champignons ?

— Oui, mais depuis que j'ai découvert les artichauts à la barigoule…

Dès que nous avions pris la route, en bonne cinéphile et maniaque du septième art, Leslie avait commencé à tourner. Quand je dis qu'elle avait commencé à tourner, je veux dire… autour des ronds-points. Des ronds-points de Caen.

— S'il y a bien quelque chose dont j'aimerais convaincre les gens, commenta Leslie en arrivant à la hauteur d'un sens giratoire majestueusement décoré par la municipalité, c'est que la beauté n'est pas absente des ronds-points. N'est-ce pas ?

— Qu'est-ce que tu racontes ?

— Que l'on parle des ronds-points normands en particulier ou des ronds-points en général. Les ronds-points possèdent une variété merveilleuse. Il y a cinquante nuances de ronds-points, tu vois… Une variété infinie. Aucun rond-point ne ressemble à un autre.

Leslie s'arrêta. Elle eut l'air pensif et se corrigea.

— Bien sûr, sans sculpture contemporaine, un rond-point sans sculpture contemporaine, ce dernier cas est très rare.

— Oui, dis-je. C'est vrai que nous avons déjà vu de très beaux spécimens. Sympa, vraiment sympa, ces ronds-points.

— Tu sais, Vanessa, le patrimoine artistique français est exceptionnel en matière de ronds-points, continua Leslie. Il y a des ronds-points ronds, vraiment ronds. Et d'autres qui sont ovales en réalité. Certains sont plus grands que d'autres...

— Tu as raison, dis-je, c'est tout un art de tourner en rond. En France nous n'avons pas de pétrole, mais nous avons des ronds-points.

Et voilà comment a commencé notre exploration du pays normand.

Ainsi nous avons tourné autour des ronds-points normands, en admirant la belle architecture de la ville. Pendant que nous tournions, Leslie a soulevé une autre question déterminante, sans détour et surtout sans transition. Une question d'ordre architectural.

— À ton avis, ma grande patate, les toits normands, ce sont des toits pointus, comme ceux qu'on voit là-bas ?

— Ça dépend, dis-je.

— Comment ça ?

— Bah, ça dépend, Leslie. Est-ce que les toits normands sont pointus ? Comment veux-tu que je le sache ? J'en sais rien, moi. Je préfère ne pas me mouiller sur un sujet qui est aussi important pour toi, apparemment...

— Et mon rêve de filmer des toits normands typiques ? J'aimerais bien filmer des toits normands typiques !

— Typiques ? Cela dépend, tout simplement, si tu veux avoir mon avis.

Nous restâmes un moment silencieuses. L'air à travers la vitre apportait un peu de fraîcheur à cette scène. Toutefois, je m'aperçus que Leslie continuait à m'interroger du regard, anxieusement, comme un chat attendant sa ration de croquettes après une grève de la faim. Elle voulait une réponse à sa question.

— On va en trouver, quand même, des toits pointus ?

J'ai soupiré :

— Certains toits, repris-je, le sont. Certains toits, oui, sont pointus. Je pense que certains toits normands sont pointus. Mais *tous* les toits ne sont pas pointus, Leslie. Je ne ferais que te mentir en affirmant ça.

Leslie a eu l'air bien embêtée, mais elle a poursuivi sa rêverie à voix haute.

— Ce serait formidable, tout de même, si on croisait des toits pointus.

—Je l'espère ! Je l'espère sincèrement pour toi, ma Leslie. Mais je pense qu'il n'y a pas uniquement des toits pointus. Je ne vais pas te mentir. Nous rencontrerons forcément, peu ou prou, des toits plats durant notre périple.

Elle resta silencieuse un instant.

— Je vois, dit-elle finalement. Je vois. C'est mon problème, depuis longtemps. Un problème, disons, érotique, avant d'être un problème architectural. En tant que femme, j'hésite entre le pointu et le plat. J'ai toujours hésité entre le pointu et le plat et, parfois, c'est un problème insoluble.

— Oui, il me semble que c'est un problème, dis-je, mais tu sais, Leslie, pourquoi n'en parlerais-tu pas à ton psy ?

*

Heureusement, nous finîmes par nous éloigner du centre-ville. La grande nappe des blés autour de nous se soulevait, s'ombrant de reflets cerise dans la belle lumière du ciel. La campagne prenait une chaude teinte de miel.

Ragaillardie par le spectacle, Leslie fredonnait un air à la mode :

— Pomme de reinette et pomme d'api, tapis tapis rouge. Pomme de reinette et pomme d'api, tapis tapis gris. Tapis tapis rouge, tapis tapis gris…

J'éclatai de rire.

— Quelle énergie possède la musique hip-hop, tout de même !

— Pomme de reinette et pomme d'api. Tapis tapis rouge…

Le visage de Leslie s'égaya en apercevant un mouvement sur le bas-côté :

— Pomme de reinette et pomme d'api, tapis tapis gris…

Je me retournai à temps pour apercevoir une grande silhouette noire dans le rétroviseur, qui s'attaquait à une petite tache grise et ronde.

— Un corbeau ! dit Leslie. Il dépiaute un hérisson ! Les hérissons, les corbeaux en raffolent. Peu à peu, par imitation des corbeaux, ça devient tendance chez les humains. J'ai goûté, un jour, en Bourgogne, un carpaccio de hérisson. Dans un bistrot gastronomique, comme ils disent.

— Tu racontes n'importe quoi. Et alors, il était comment ton carpaccio de hérisson ?

— Immonde.

Je détournai le regard du rétroviseur. Sur le bord de la route, il y avait une bouillie de chair et de piquants, des lambeaux de chair sanguinolente.

— Tout le monde n'arrête pas de me parler de recettes à base de hérisson, en ce moment. C'est comme avec leurs *smoutchis*.

— Tu veux dire les smoothies ?

— Oui. Les *smoutchis*, rien que le nom me semble suspect. Ça et les tartares de hérisson, ça me sort par les narines.

Je n'étais pas franchement convaincue.

— Peut-être. On peut parler d'autre chose que de nouvelle cuisine ? Moi, je suis végane, tu sais, alors laisse-moi te dire que tu me files sérieusement la gerbe…

*

Depuis quelque temps déjà, on roulait sur le périphérique, sans trouver la sortie vers les villes du littoral. J'avais promis à Leslie qu'on commencerait notre voyage par Bayeux et la grande tapisserie de la reine Mathilde, qui montrait Guillaume le Conquérant prendre d'assaut l'Angleterre avec une flotte de drakkars.

— Qu'est-ce qui se passe ? demanda Leslie au bout d'un long moment, comme nous n'apercevions aucune indication routière. C'est où, la sortie pour Bayeux ?

— Je crois qu'on tourne encore, dis-je. On tourne en rond sur le périphérique.

— Regarde sur la carte, dit Leslie.

— Comment ça ?

— Regarde où nous sommes. Regarde où nous sommes sur la carte.

— Comment ça ? répétai-je.

— Sur la carte. Regarde où nous sommes sur la carte, patate. Ça nous aidera à nous repérer.

— Tu dis vraiment n'importe quoi. Comment veux-tu que je regarde sur la carte ? Je ne peux pas regarder la carte puisque je ne sais pas où nous sommes.

— Oui, acquiesça Leslie. Très juste ! Je vois où est le problème. Le problème, c'est que nous ne savons pas où nous sommes.

— Oui, voilà exactement le problème, Leslie.

— Mais alors, reprit Leslie… Mais alors à quoi sert une carte, si nous ne pouvons pas savoir où nous sommes quand on est paumées ? Si ça ne sert pas à savoir où nous sommes quand nous ne savons pas où nous sommes ?

— Je ne sais pas, dis-je. C'est pour ça qu'on a inventé le GPS, Leslie. Tu veux pas utiliser ton smartphone ? Le mien est déchargé, c'est chiant.

Leslie grommela.

— Tu sais bien que je boycotte le GPS. Je préfère ma bonne vieille carte Michelin. Elle me vient de ma maman. C'est elle qui m'a appris à conduire, quand j'étais ado, en conduite accompagnée…

L'évocation de sa mère, disparue récemment, la rendait triste.

— T'en fais pas, Leslie. On aurait dû louer une voiture avec GPS, c'est tout. Mais vu comment tu t'es foutue de la gueule de l'employé, tout à l'heure !

Ça lui rendit le sourire.

— De toute façon, dit-elle en hochant la tête, avec un peu de chance, on arrivera bientôt à un rond-point, ce qui nous permettra d'y voir plus clair.

— Je ne crois pas.

— Quoi ?

— Je crois qu'il n'y a plus de ronds-points. On est sur le périph', là. C'est un peu comme si on tournait au niveau supérieur, précisai-je. On tourne certainement autour du périphérique de Caen.

— Je vois, dit Leslie.

La situation avait l'air de l'amuser. Elle eut un grand sourire enfantin.

— C'est normal de tourner, de toute façon. Je rêve de faire du cinéma. Moteur, ça tourne !

Inexplicablement, aucune sortie n'était affichée, ni vers Bayeux ni vers les plages du Débarquement... Ni vers Paris. Ni même vers le centre-ville de Caen. Il n'y avait plus aucun panneau sur le bord de la route.

— Je crois qu'on a été prises dans une faille spatio-temporelle, lançai-je. On va peut-être rester pour l'éternité à tourner sur le périphérique de Caen...

C'était la cinquième fois, je l'aurais juré, que j'apercevais le même mur décrépi en bordure de la voie rapide.

Je notai seulement à cet instant que Leslie conduisait avec un style bien à elle : le volant confié au seul menton, tandis qu'elle configurait régulièrement sa caméra de la main gauche et pianotait sur son téléphone de la main droite. J'étais moyennement rassurée.

— De toute façon, il est normal que nous tournions, poursuivit-elle, puisque nous sommes sur un périphérique. Tourner en périphérie, ce n'est pas aussi intéressant que de tourner en centre-ville, je te l'accorde. Mais, c'est tourner quand même ! Du temps de Hollywood, les grands réalisateurs tournaient en permanence ! Ils ne s'arrêtaient jamais de tourner. J'ai envie de tourner, moi aussi.

Elle recommençait à poétiser.

— Peut-être, maugréai-je.

— Oui, continua Leslie. Oui. L'orée, l'aura, voilà ce qu'il nous revient de filmer. Qui dira la beauté du tournoiement ?

— Eh, oh, Agnès Varda ! T'as fini un peu avec tes grandes théories ?

Leslie commençait à me gaver sévère avec son tournoiement. Je commençais à en avoir marre et je pensais à Félix. Même ma meilleure amie ne suffisait pas à me faire complètement oublier mon copain. Je songeais à ma vie sans Félix depuis notre séparation, les petits déjeuners sans Félix, les nuits sans Félix, le corps de Félix, les fesses de Félix, le sourire de Félix, la bouche de Félix, la présence de Félix, l'absence de Félix. Parfois, la nuit, je sentais un souffle sur ma nuque, une haleine chaude dans mon cou. Je rêvais, il n'y avait personne.

Je m'en étais déjà ouverte à Leslie, qui malgré son tempérament exubérant, savait également écouter. C'était une amie précieuse, et une confidente d'exception, derrière sa folie douce. Leslie, quant à elle, vivait actuellement en union libre avec une jeune femme du nom de Djamila. Contrairement à moi, elle avait toujours été très indépendante.

Pas du genre à rester comme moi à pleurer pour un chagrin d'amour.

*

Bon. Faille spatio-temporelle ou pas, les vrais ennuis ont commencé. Toujours aucun panneau n'affichait de sortie possible vers Bayeux. Nulle sortie à l'horizon. Impossible de comprendre cette bizarrerie. C'était comme si le temps s'était arrêté. Depuis quelques minutes, j'émettais l'hypothèse qu'à force de tourner, on avait fait absolument n'importe quoi. Il était possible qu'on se soit laissé entraîner dans une tout autre direction, sans même nous en apercevoir. Sur notre gauche, le paysage était de plus en plus clairsemé et laissait place au bâillement aéré et paresseux de la campagne. Les signes d'urbanisation s'espaçaient, même les hameaux se firent plus rares, disparurent bientôt pour céder la place à la robe claire des blés, tavelée çà et là par la tache blanche d'une éolienne ou l'éclaboussure vert sombre d'un bosquet d'arbres. Pas du genre à s'inquiéter pour si peu, Leslie s'était mise à chantonner un air de chanson mexicaine, « La Bruja », qui passait à la radio.

— *Qué bonito es volaaar. A las dos de la maña-naaa…*

Elle avait mis soudain le volume de l'autoradio au maximum. Je la priai de baisser légèrement. Elle fit mine de ne pas entendre :

— *Qué bonito es volar…* hurlait-elle.

— Tu peux arrêter deux petites secondes, avec ton *qué bonito*, je cherche la route.

— C'est mon côté mexicain qui te pose problème ?

— Qu'il est doux de voler à 2 heures du matin. *Bonito* par-ci, *bonito* par-là. Tu appelles ça de la musique ?

J'avais vexé Leslie en la taquinant. On aimait bien se chambrer. Elle prit la petite mine boudeuse que je lui connaissais bien. Elle bougonna :

— Tu le vois le périphérique, non ?

— Oui.

— Aussi bien que moi ? Bon. On est donc sur le périphérique, Vanessa. Tout simplement. On va prendre la prochaine sortie vers Bayeux et voilà tout.

Quand elle m'appelait par mon prénom, c'est qu'elle était énervée.

— Parfois, sans vouloir être désobligeante, marmonna-t-elle, j'ai l'impression que tu mets en doute mes facultés mentales. Vraiment, ne t'en fais pas. Je gère. Je visualise parfaitement notre itinéraire. Mon petit doigt me dit que nous sommes dans la bonne direction. Dans moins de cinq minutes, on va voir la mer, ma grande choucroute alsacienne. Ne t'en fais pas. *Qué bonito es volar, a las dos, a las dos de la mañana !*

Et elle continua à s'égosiller sur l'air de sa chanson mexicaine.

*

Moi, je restais persuadée qu'on avait fait fausse route. Il me fallait un électrochoc pour réveiller Leslie. Il n'y avait plus qu'une seule chose à essayer : la méthode Mallarmé. La méthode Mallarmé est simple, elle remonte à nos années d'études ensemble à la fac de lettres. Personnellement, j'admire le grand poète Mallarmé. Avec sa façon de courir les enterrements pour trouver l'inspiration poétique, un peu à la manière d'Elton John avec Lady Di. Enfin. Là n'est pas le problème. La méthode Mallarmé consiste à parler, *grosso modo*, de manière absolument incompréhensible, comme dans les poèmes de Mallarmé. Cela produisait sur Leslie une espèce d'hypnose qui me permettait, en cas d'urgence, de la ramener à la raison. Malheureusement, c'était du quitte ou double. J'essayai de me rappeler un vers ou deux du grand poète.

— Ô Leslie, me lançai-je. Cygne fol d'Idumée ! Vierge enfant d'aujourd'hui ! Ouïs-moi depuis ton sépulcre obscur, ô ignifuge phénix ! Existât-elle ou cessât-il, je veux en ton sénile esprit faire miroiter tel Périphérique.

Et je pris une grande inspiration. Il fallait vraiment la jouer extrêmement serré avec la méthode Mallarmé.

— Songe à l'outrage d'une Route qui sous le pampre d'or et la cruelle vigne nous égara. Songe à la Rocade absente de tout Périphérique…

— … qui musicalement se lève, reprit soudain Leslie comme en écho, dans l'évanouissement des routes sues où l'oubli ne relègue aucun contour…

Bingo. Je tenais Leslie sous hypnose. Elle commençait à réciter du Mallarmé approximatif, elle aussi. Elle s'était arrêtée de chanter et me regardait avec des yeux exorbités. Je l'avais totalement à ma disposition, sous contrôle.

— Maintenant, Leslie, écoute-moi bien. Tu vas faire exactement ce que je te dirai. Et pour commencer, tu vas régler le volume de l'autoradio sur 7.

Elle s'exécuta.

— Bravo, lui dis-je. Ô arcane superbe du pur autoradio ! Et maintenant, ajoutai-je, cherche à comprendre où nous avons égaré le mystère vain de notre être. Efforce-toi de bâtir une Route départementale à partir du réceptacle ensorcelé où gît ton sacre impur.

Leslie s'assit en position de lotus sur son siège, lâcha le volant et se concentra en plissant les yeux.

— Sans lâcher le volant, précisai-je. Je veux dire, sans lâcher, Aurige, l'aboli nautonier aux pierreries funèbres.

Leslie reprit le volant en mains.

— Oui, ça y est, je visualise notre effroyable errance, fit-elle.

— Et maintenant, cygne vivace, réveille-toi. Ouvre tes lacs hantés par l'azur !

Leslie ouvrit les yeux. Elle tourna la tête vers moi et me regarda comme si elle sortait d'un long sommeil. Simple comme bonjour, vraiment.

— Ma vieille, enchaînai-je, je ne te cacherai rien du pétrin dans lequel nous sommes. Tu n'as rien remarqué de bizarre dans la direction que nous avons prise ?

Leslie fit non de la tête.

— Ce que nous croyons être un périphérique, repris-je, n'est pas un périphérique. Si j'en crois le panneau que nous venons de dépasser, nous

nous trouvons actuellement à trente-sept kilomètres au sud-ouest de Caen.

Leslie me regarda, profondément choquée et interloquée. Elle me dévisagea en fronçant les sourcils.

— Ce qui se déploie innocemment sous nos yeux avec toute la physionomie d'un Périphérique, repris-je, ce qui ressemble comme deux gouttes d'eau à un Périphérique, qui y ressemble mais en usurpe l'apparence, en profane les enseignes, n'est en réalité qu'une route départementale.

Je marquai une pause, un peu théâtrale, puis continuai.

— Absolument. Une route départementale.

— Que veux-tu dire ? Nous sommes sur une route départementale ?

— Tout à fait. Une simple route départementale qui ne va même pas vers Bayeux. Nos rêves d'aller à la mer sans épreuves et sans détours sont une illusion, un mirage. Oui. Le ciel au-dessus des ronds-points est désespérément vide, ma vieille. Et nous ne tournons même plus autour de rien. Sache qu'on roule dans le mauvais sens. On ne va pas vers la mer. On fonce tout droit vers Le Mans. Et à ce rythme, je préfère te dire qu'on sera au Mans pour midi, on n'a plus qu'à manger un sandwich avec leurs putains de rillettes.

Je pensais avoir fait mouche avec la révélation des rillettes. Mais loin de produire la réaction escomptée, la nouvelle de notre fausse route l'enchanta.

— Je vois, dit Leslie.

— Tu vois quoi ?

— Je vois que c'est une erreur qui va nous permettre d'avancer.

— Comment ça ?

— Oui, dit Leslie. Nous allons entrevoir un peu mieux la frontière de nos pays rêvés et de nos pays réels.

— De nos pays rêvés et de nos pays réels ?

— On va comprendre la fragilité des erreurs dans les sentiments, continua Leslie, imperturbable. On va planter des graines. On va faire des crêpes à la confiture. Avec des utopies dedans. On va aussi faire des galettes de sarrasin à la farine de rêves. En plus, je trouve que ce paysage est d'une formidable platitude.

— Platitude mon cul !

— Mon cul, c'est-à-dire ?

— Je dis que pour la platitude, tu vas être servie. C'est tout plat, le Calvados.

— Mais c'est formidable, reprit Leslie, que ce paysage soit plat ! Une sonore, vaine et monotone ligne, comme disait je ne sais plus quel grand poète. Mallarmé, je crois. C'est marrant, j'ai l'impression d'avoir entendu des poèmes de Mallarmé récemment...

J'évitai de la contredire.

— D'être si plat, ce paysage a justement une chance de « lever » ! Oui ! L'avantage de la platitude des choses, c'est que celles-ci recèlent un potentiel de poésie intact. Même Bouddha l'a dit.

— Que vient faire Bouddha dans ce tissu de bêtises ?

— Bouddha a dit : Celui qui n'a pas de forme crée la forme.

— À propos de forme, ça va, toi ?

— Oui ! J'aime l'innocence des prairies, j'aime le monde même quand il est banal et départemental. J'aime cette navigation océane, j'aime la vie en tonalité vert clair. J'aime tout cela. J'aime l'intensité des moments perdus. J'aime la valse des transparences. Et puis, je pense que, derrière toute cette plate, poussive, pénible, pâlotte et piteuse pauvre petite prose de plaine, il y a autre chose, non ?

Elle marqua une pause et se gratta mélancoliquement le nez.

— Je ne sais pas, reprit-elle. J'aime les lignes de fuite de ces blés. J'aime la monotonie des champs. Et puis si tu veux faire demi-tour, on fait demi-tour. Hop. Tu sais, Vanessa…

Elle marqua une pause.

— Je t'aime fort, tu sais, mon grand risotto aux asperges. Ça va aller. Ne t'en fais pas. Tu sais que je serai toujours là pour toi ?

— Je sais, copine.

Et c'est comme ça qu'on a arrêté de tourner autour des périphériques qui n'existaient pas, et qu'on a foncé sans plus tarder vers la mer. Puisqu'ils voulaient nous interdire la révolution autour des ronds-points, nous allions faire la révolution avec la marée, nous allions manger un bout au grand snack de l'infini. Nous allions nous perdre dans les vagues. J'ai rallumé la musique. Dans l'autoradio quelqu'un chantait « Vivre ou survivre ».

On a bien rigolé et ça allait déjà beaucoup mieux dans ma tête. Avec Leslie, c'était toujours comme ça. Il me suffisait de la suivre dans ses délires, de partir en week-end avec elle pour retrouver le moral et oublier tout le reste.

L'amitié avec Leslie, c'est une grâce. Il faudrait trouver une autre image pour la décrire, mais c'est la seule qui me vient. J'ai regardé Leslie et je lui ai souri tendrement. C'est ici que l'on peut, si l'on veut, faire intervenir le banal parallèle entre l'amitié et l'enfance, avec leur même allégresse naïve et désespérée, avec les interminables journées d'été qui n'en finissent pas de se consumer lentement, et la petite éternité des moments partagés, sur la route des grandes vacances.

DEUX ACCORDS

Éric Metzger

À mes amies Mathilde et Amalia

Au milieu de la nuit, le Grand Hôtel de Vienne resplendissait d'un or brun fané par le temps et les regards. La clientèle de l'établissement, aisée âgée, avait rejoint les chambres au luxe suranné dans les étages. Les couloirs étaient vides, les ascenseurs immobiles, le hall lui-même semblait figé par ces heures en pente où le sommeil coule sur les fronts. Seul le bar de l'hôtel offrait encore un peu de sang et de vie. À l'intérieur de celui-ci, deux femmes. La première, assise au comptoir, discutait à voix basse en anglais avec le barman tandis que l'autre, à l'écart, s'amusait à tapoter les touches d'un piano noir.

— Elle est étonnante, non ? Vous la connaissez ?

— Non, madame. De temps en temps, elle s'installe derrière le piano du bar et appuie sur des notes au hasard avant de retourner à sa table boire un verre.

— Elle boit quoi ?

— Du vin blanc. Au verre. Un meursault premier cru.

— Je serais curieuse de savoir qui elle est, et ce qu'elle fait ici.

— Je dois avouer, confessa-t-il, qu'au début on a craint que ce soit une… une… enfin vous voyez. Mais à mon avis, elle dépense trop d'argent pour être… « ça ».

— Et vous dites que ça fait quatre soirs qu'elle est ici ?

— Oui. Toujours seule. Et puis d'un coup elle disparaît en laissant des pourboires pour le moins importants derrière elle.

— Elle m'intrigue. Vous pensez qu'elle vient d'où ?

— De France, je crois, comme vous.

— Et qu'est-ce qui vous fait croire que je suis française ? s'étonna-t-elle.

— L'accent, sourit le jeune homme. À force de servir des clients, on apprend à reconnaître les accents.

— Ah… répondit-elle un peu déçue d'être démasquée si facilement.

N'ayant plus rien à révéler sur l'inconnue, le barman s'éloigna pour saisir un presse-agrumes dont il se mit à nettoyer les picots. Restée seule au comptoir, la femme s'empara de son verre pour avaler une gorgée de son whisky sour et jeta un coup d'œil à sa montre. 1 h 37 du matin. Depuis quelque temps, ses insomnies se prolongeaient parfois jusqu'à l'aube. Pour les vaincre, elle avait besoin de boire, d'où sa présence régulière aux bars de ces hôtels luxueux qu'elle fréquentait lors de ses multiples déplacements professionnels. Il lui arrivait parfois de faire des rencontres. Des hommes, des femmes… elle appelait ça les « amis d'un soir ». Les discussions avec ces inconnus remplaçaient les rêves que lui devait le sommeil. Elle pressentait que la jeune femme près du piano avait une histoire à raconter, une histoire qui valait bien une insomnie. Pas comme ce banquier rencontré l'autre soir à Berlin, d'un ennui si profond qu'elle avait failli s'y noyer.

En redressant la tête pour boire une nouvelle gorgée de son cocktail, elle observa son reflet incrusté dans l'immense miroir installé derrière le comptoir. Elle éprouva la satisfaction de se trouver belle. Bientôt cinquante-deux ans. Plus les années passaient, mieux elle se sentait dans sa peau, dans son corps, dans sa séduction. Quelques rides charmantes ruisselaient au coin de ses yeux verts, tandis que ses fossettes encadraient un beau sourire aussi grave qu'émouvant. Elle se recoiffa pour placer sa mèche brune sur le côté et s'amusa à jouer avec son reflet en penchant la tête d'un côté puis de l'autre. Soudain, comme deux nénuphars happés par le courant, ses iris glissèrent sur un morceau de miroir où se reflétait l'existence de la jeune femme devant le piano. Ses cheveux châtains cachaient son regard et une partie de son visage. Soudain, elle la vit quitter avec nonchalance l'imposant instrument pour rejoindre une table près d'une fenêtre remplie de nuit où l'attendait son verre.

« Oh après tout, il est tard, quitte à être seules, autant l'être à deux », pensa la cinquantenaire aux beaux yeux verts. Elle se leva, et traversa lentement le bar. La moquette rouge faisait office de neige épaisse en étouffant le bruit de ses pas. Arrivée à hauteur de l'inconnue, elle dit :

— Désolée de vous déranger, mais accepteriez-vous de partager un verre avec une compatriote ?

Surprise, la jeune femme releva la tête. Ses yeux noirs semblaient revenir d'un long voyage. Ils mirent un peu de temps à s'habituer à l'éclat de cette présence.

— Rassurez-vous, ça n'est pas une proposition indécente. Je m'appelle Martha.

L'inconnue, après un petit silence, répliqua enfin :

— Asseyez-vous, je vous en prie.

Sa voix avait le timbre du sommeil. Martha prit place en face d'elle.

— Il paraît que vous ne buvez que du vin blanc.

Elle se tourna vers le barman et lui fit signe de renouveler les verres de chacune. L'inconnue bâilla et dit :

— Merci. Que me vaut cet honneur ?

Martha crut déceler une pointe d'ironie dans la question, mais décida de répondre sur le ton de la sincérité :

— Je n'en sais rien. Je m'ennuyais. Impossible de dormir, et nous avons l'air d'être deux à nous retrouver dans ce cas, donc je me suis dit que nous pourrions partager cette insomnie et discuter un peu.

— Charmante idée. En revanche, je ne suis pas douée au jeu de la discussion, nous risquons de nous ennuyer très vite.

— Il suffira de bâiller et de prétendre vouloir dormir.

— Ce sera un mensonge, mais j'aime les mensonges.

Un vin blanc beurré dans son élégant verre à pied pour l'inconnue et un whisky sour brun dans un fond de verre rond pour elle. Elles trinquèrent en silence. Chacune but une gorgée. À la fin de celle-ci, Martha demanda :

— Et vous vous appelez comment ?

— Ah non ! sembla s'agacer d'un coup l'inconnue. Pas ça, pas ici et surtout pas à cette heure-ci. Vous désirez discuter et vous commencez par réclamer un prénom… Franchement… Rien à faire de nos prénoms, il n'y a que nous autour de cette table, face à face. On se reconnaît par le regard, c'est suffisant.

Martha, tout à la fois surprise, interloquée et amusée par cette réaction inattendue, haussa les épaules :

— C'est une interaction sociale comme une autre, vous savez.

— Oui, enfin, que je m'appelle Jeanne, Adèle, Linda, Francine ou Pénélope, ça change quoi au fond ? Ça ne me définit pas.

— Et qu'est-ce qui vous définit dans ce cas ?

— Ah ! Alors là, voyez-vous, on entre dans le cœur d'une discussion, peut-être même que le concept de discussion a été créé pour tenter de répondre un jour à cette question.

— Comme quoi, je me débrouille, se réjouit Martha, avant de reprendre plus sérieusement : Alors, qu'est-ce qui vous définit ?

— Aucune idée.

L'inconnue plongea son regard au fond de son verre à la recherche d'une réponse. Martha l'observait. D'un coup elle lui dit :

— Vous avez un regard triste. Ou plutôt mélancolique.

— On me le dit souvent. Vous aimez la mélancolie ? C'est un automne, je l'imagine avec un peu de vent, des feuilles mortes et un soleil timide au milieu du ciel bleu. Je ressemble à ça alors ? Beau compliment. De votre côté, vous dégagez plutôt la douceur d'un printemps, il y a du pastel en vous, dans vos yeux, sur vos joues, même votre voix a la légèreté d'un cirrostratus. C'est un nuage, il y en a beaucoup là d'où je viens. Je suis un automne, et vous un printemps ; vous voyez, malheureusement, il y aura toujours une saison pour nous séparer vous et moi.

— Vous êtes gentille, mais je n'ai plus l'âge d'être un printemps. Une fin d'été à la rigueur si vous voulez me flatter, mais en réalité, je me rapproche de l'hiver. C'est vous le printemps.

— Votre coquetterie vous fait mentir. Vous avez du temps avant l'hiver, vous le savez très bien. Vous êtes belle, vous avez de très beaux yeux.

— Je vieillis.

— Moi aussi.

— Mais j'ai cinquante ans.

— La belle affaire ! Je les aurai un jour. Maintenant, demain ou dans deux siècles, ça revient au même.

— C'est facile de dire ça, vous avez quoi, trente ans à peine ?

— Environ.

— Je vous envie un peu.

— Vous ne devriez pas. Vous préféreriez avoir mon visage peut-être ?

— Et pourquoi pas ?

— Vous mentez par politesse. C'est gentil. Mais vous savez, je vois mon reflet chaque jour dans le miroir, je sais à quoi je ressemble. Et d'ailleurs je n'en ai pas honte. J'ai une jolie bouche, un joli nez, de jolis yeux. Malheureusement, l'assemblage de tout ça est parfaitement disgracieux ! conclut-elle d'un rire sonore.

Martha rougit. Ce que venait de dire l'inconnue, Martha l'avait pensé dès l'instant où elle s'était retrouvée assise en face d'elle.

— Ne faites pas cette tête ! Franchement, que je sois belle ou laide je m'en moque complètement. Qu'importe la beauté pourvu qu'il y ait l'ivresse, non ?

Elle rinça son sourire énigmatique par une nouvelle gorgée de vin. Elle buvait vite, remarqua Martha, de plus en plus intriguée. Décidée à obtenir des réponses, elle demanda d'une voix avenante :

— Bon, dites-moi, que fait une Française toute seule à cette heure dans cet hôtel à Vienne ?

— Je suis ici parce que je suis coincée de toutes parts. Si encore la terre était plate, je pourrais me jeter dans le vide, mais non, elle nous oblige à tourner en rond.

— Vous pensez au suicide ? demanda Martha avec une décontraction feinte sans se rendre compte que ses doigts se crispaient sur son verre.

— Au contraire ! J'aime beaucoup la vie, la preuve, je la laisse m'envahir !

— Vous ne répondez à aucune de mes questions, c'est très frustrant !

— Mais parce que je ne possède pas les réponses ! Aidez-moi. À votre avis, qu'est-ce que je fais ici ?

— Vous êtes recherchée par la police. Ou alors par de méchants bandits à qui vous avez volé de l'argent comme dans les films. Oui, vous avez commis un crime, quelque chose de grave et vous fuyez !

— Je ne fuis pas, répondit très sérieusement l'inconnue qui parut hésiter un instant avant de poursuivre : Disons que la vie est une débâcle, et je l'affronte à ma manière. (Son sourire s'évada, ses yeux glissèrent vers un ailleurs et sa voix devint solennelle.) C'est une espèce de guerre que vous perdez tous les jours, les yeux fermés, vous ne faites que reculer avec une séduisante hypocrisie. Vous rampez devant votre salaire, votre carrière, vous rampez pour obtenir un baiser de la personne aimée, vous tremblez d'être quittée… une débâcle permanente. En réalité, c'est vous qui fuyez sans cesse.

— Moi ?

— Oui, vous, enfin, les autres, tout ce monde, j'englobe dans le même sac tous ceux qui ne sont pas moi. Oh bien sûr, c'est assez réducteur, je veux bien l'admettre.

— Vous n'êtes pas les autres ?

— Non, puisque je suis moi. Mais je dois être l'autre d'une autre.

— Vous êtes le mien déjà.

— C'est terrible d'être une autre lorsqu'on est moi.

— Pourquoi ?

— Parce que je vaux mieux que les autres !

— Vous valez mieux que moi ?

— Je vaux beaucoup.

— Vous avez donc une valeur ?

— Oui ! J'ai calculé ça, quand j'étais étudiante. Vous saviez qu'on pouvait vous offrir 157 000 euros en échange de votre foie ? Je ne plaisante pas. En additionnant toutes les parties de mon corps bonnes à vendre, je pense valoir un petit million. Et vous ?

— Je ne suis pas certaine qu'on puisse tirer un bon prix de mon corps. Je vous le redis, j'ai cinquante ans passés. Un peu de cholestérol qui traîne çà et là... Je suis myope aussi et j'ai des problèmes de circulation sanguine.

Martha fut étonnée par sa propre franchise. À cause du whisky ou peut-être grâce à lui ? Ou bien étaient-ce le lieu, la paix, l'inconnue, la nuit qui permettaient ces aveux ?

Quelques notes d'une *Nocturne* de Chopin diffusées par les enceintes du bar comblaient ironiquement l'espace abandonné par le silence. L'inconnue avait terminé son verre. Martha ne voulut pas être en reste et but à son tour. Elle était déjà ivre, mais ne s'en rendait pas compte. Elle leva les yeux vers le plafond et réfléchit à voix haute :

— Je n'avais jamais envisagé cette idée de valeur. C'est assez étonnant en effet.

— Pas tant que ça. On devrait tous se poser cette question. Quelle est notre valeur ? Pour combien vous vivez ?

— Vous êtes misanthrope en fait.

— Non, corrigea l'inconnue. Enfin je ne crois pas. Je n'aime pas vraiment les Hommes, mais je m'accommode de leur présence, comme dirait l'autre. De toute manière, comment les fuir ? Ils sont partout.

— Vous pouvez toujours dénicher un coin de forêt et vous cacher dans une cabane.

— J'y ai pensé, mais j'ai abandonné l'idée. Un peu au-dessus de l'Écosse, j'ai découvert une île à vendre. 150 000 euros. Le prix de mon foie ! Bon, sans eau ni électricité. Et sans foie. Mais avec quelques travaux et des panneaux solaires, on peut faire des miracles… J'ai franchement hésité. Quelle belle idée que de vivre sur sa propre île ! Mais je vais vous faire un aveu : j'ai peur des fantômes. Je préfère encore la compagnie des Hommes à la celle des fantômes.

— Vous connaissez des fantômes ?

— Pas personnellement, non. Mais mon imagination a une telle dextérité qu'elle est capable de leur ouvrir la porte à tout instant.

— C'est pour ça que vous ne dormez pas ?

— Oui, je fais tout mon possible pour garder la porte des rêves fermée.

— Vous êtes une enfant. Ou une folle. Ou ivre, s'amusa Martha. Vous me plaisez.

— Arrêtez de me complimenter, je vais rougir. (Elle désigna du menton les deux verres vides sur la table et ajouta :) Je peux vous rendre la politesse ?

— Avec plaisir !

Elle esquissa un cercle du doigt à l'intention du barman qui lui adressa en retour un hochement de tête affirmatif.

— Vous ne buvez que du vin blanc ? demanda Martha.

— Et vous, des whisky sour ?

— Non. Mais ici, je les trouve particulièrement bons.

— Ah, vous venez souvent dans cet hôtel ?

— Trois à quatre fois par an, pour le travail. Je réserve la même chambre, avec la vue sur le lac. J'adore me lever le matin et prendre mon petit déjeuner devant la fenêtre. Et vous, vous étiez déjà venue ?

— Non. Je découvre la ville.

— Pourquoi Vienne ?

— Par hasard. Je ne connaissais pas.

— Vous êtes ici en vacances ?

— Non.

— Travail ?

— Non.

— Alors vous faites quoi ici ? s'impatienta Martha.

— J'attends.

— Arrêtez de faire votre maligne, se vexa franchement la cinquantenaire aux beaux yeux verts. Vous venez de me dire que vous appréciez notre conversation, mais dès que je vous pose une question, vous l'esquivez. Le mystère est amusant, je vous l'accorde, mais c'est agréable aussi de faire connaissance avec l'autre. Vous ne voulez pas me dire ce que vous faites ? Il n'y a pas de honte, vous savez.

— Pas de honte ? répondit l'inconnue étonnée qui soudain comprit à quoi Martha faisait allusion. Ah, vous pensez que je suis une pute, n'est-ce pas ? C'est souvent ce qu'on pense des femmes seules dans les bars d'hôtels.

— Non, protesta Martha, je n'ai jamais imaginé ça.

— Menteuse. Dites, vous désirez connaître mes tarifs ?

Elle gloussa et Martha haussa des épaules. D'un côté, oui, elle était curieuse de savoir combien « ça » coûtait, mais de l'autre, elle se sentait affreusement gênée. La jeune femme mit fin au suspense :

— Non, je ne suis pas une pute, mais je n'aurais aucune honte à le révéler, à le revendiquer même. De toute manière, l'humanité est une pute.

— Vous devenez vulgaire.

— Pourquoi ça serait vulgaire ? Plus vulgaire que banquier, plombier ou fleuriste ? Pourquoi . À cause du sexe ? On peut en parler si vous le voulez, après tout nous sommes à Vienne, la ville de Freud. Un problème avec papa et maman ?

Cette remarque sur ses parents mit Martha mal à l'aise. Elle éprouva d'un coup une sorte de colère mêlée à de la répulsion, mais aussi de la fascination pour la jeune femme. Ce fut à ce moment que le barman apporta leur commande. Il jeta un coup d'œil complice à Martha qui fit semblant de l'ignorer. Elle attendit qu'il se fût éloigné pour rétorquer :

— Laissez Freud là où il est. D'ailleurs, il vous expliquerait que vos provocations servent à masquer vos faiblesses.

— C'est de la psychanalyse de comptoir ça.

— De bar d'hôtel plutôt. Trinquons !

— À quoi ?

— À cette amitié nocturne.

L'inconnue sourit. Elle but une gorgée et avoua :

— Pour répondre à votre question, je ne vous mentais pas quand je vous ai répondu « J'attends ». Pour être plus précise, je ne travaille pas. J'ai arrêté de « faire quelque chose ». À la place, je dépense ma vie.

— Je ne comprends pas.

— Moi non plus. À vrai dire, je ne comprends pas grand-chose. Je n'ai pas enfilé la bonne peau peut-être. Il faut que je fasse une mue.

— Vous aimez tout de même le mystère.

— Non, la discrétion.

— Vous me trouvez indiscrète ?

— Pas du tout. Je vous le répète, je suis contente de vous parler, assura l'inconnue d'une voix sensiblement plus chaleureuse. Ça me change des barmans ou des serveurs qui me prennent pour une prostituée et qui viennent m'offrir un verre à la fermeture des bars en pensant que je coucherai avec eux gratuitement en échange !

— Ils font ça ?

— Tous ! Le barman le fera ce soir si je ne vous suis pas. Il a déjà tenté le coup il y a deux jours ! Ils ne comprennent pas que je sois seule. Ou plutôt, ils n'arrivent pas à l'admettre. Un homme qui se saoulerait tout seul au bar, ça ne les dérangerait pas. Ça serait mystérieux, viril, ça fait poète, écrivain ou voyou. Mais une femme qui n'est pas accompagnée, c'est suspect. Surtout une femme qui dépense de l'argent. Pour eux, ça fait tout de suite pute. Un fantasme sans doute…

Martha se souvint de la conversation avec le barman au comptoir. Elle rougit encore et but une nouvelle gorgée pour masquer sa honte. L'inconnue, qui l'observait, tapa soudain du plat de la main sur la table et lança :

— Tenez, je suis sûre que vous êtes divorcée !

— Ça se voit tant que ça ?

— Je voudrais deviner la suite. Vous êtes divorcée. Sans enfant.

Elle grimaça.

— J'ai un enfant. Un ado, quasi-adulte.

— Attendez, laissez-moi une chance. Vous êtes dans un métier créatif. J'en suis certaine.

— Encore une erreur. Vous ne trouverez pas.

Le visage de Martha fut traversé par un rictus. Enfin une victoire ! Elle observa en silence la jeune femme méditer et lui lança :

— Je suis gemmologue.

— Fantastique !

— N'exagérez pas.

— Les pierres précieuses ! Que faites-vous exactement ?

— J'évalue, j'estime, je trie. Je connais leur histoire.

— Oh ! Racontez-moi une histoire de pierre, je vous en supplie, j'adore cette idée !

Martha lui parla de sa pierre favorite, la topaze. Une pierre dont le nom venait du sanscrit *tapaz*, « feu », à cause de sa couleur d'or ambré, bien qu'elle puisse prendre d'autres couleurs comme le rose par exemple dans de très rares et précieux cas, mais surtout le bleu.

— Et ce qui fait sa particularité, conclut la gemmologue, c'est qu'elle appartient au groupe des silicates d'alumine qui contient 20 % de fluor et d'hydroxyle.

— Ça se voit tout de suite ! la taquina la jeune femme dont le regard brillait.

Et Martha rit.

— Expliquez-moi comment ça se passe, concrètement, votre travail.

Martha détailla ses voyages à travers le monde, au Brésil, au Sri Lanka, en Tanzanie, aux États-Unis ou en Russie, tous ces pays où se cachaient les principaux gisements de gemmes. Son activité consistait à évaluer les pierres, repérer leurs qualités et leurs défauts pour un grand groupe de bijouterie français. L'inconnue enchaînait les questions :

— Pourquoi une pierre taillée vaut plusieurs fois le prix d'une pierre brute ?

— Parce que tailler une pierre permet de sublimer sa beauté. Et puis vous savez, selon d'anciens écrits, en fonction de la manière dont on les taille, leur vertu magique gagne en intensité.

— Les pierres précieuses sont magiques ?

— Sinon pourquoi seraient-elles précieuses ? s'amusa Martha.

— Je n'en porte pas.

— Même pas une alliance ?

L'inconnue éclata d'un rire sonore.

— Mais vous me draguez ?

Pour la troisième fois, Martha rougit :

— Pas du tout ! Pas du tout ! C'était de la curiosité, juste de la curiosité, je vous assure !

— Dommage, se moqua-t-elle gentiment. (Puis elle baissa doucement les yeux et dit :) Je plaisantais, ne vous en faites pas. J'avais bien compris qu'il ne s'agissait pas de ça.

— Je suis si transparente que ça ?

— Non pas du tout. C'est juste que ça se voit à vos mouvements, à vos mots que vous n'êtes pas venue me voir pour me draguer. En revanche, je ne sais pas ce que vous cherchez.

— Rien. Seulement discuter. Je n'arrive pas à dormir lorsque je voyage.

— Vous êtes seule dans la vie ?

— Non, j'ai quelqu'un.

— Est-il fade ?

— Fade ?

— Oui, vous voyez, du genre gentil, bon chien, viens ici, fais ceci, fais cela…

— Non, il n'est pas fade. Mais vous savez, je n'assimile pas la gentillesse à de la fadeur.

— C'est un bon amant ?

— Il se débrouille.

— Aïe. Jamais bon signe ce genre d'euphémisme.

— Et vous, vous êtes seule ? demanda Martha sans relever cette dernière remarque.

— Oui.

— Et votre travail.

— Je n'en ai pas.

— Mais vous faites bien quelque chose ?

Après un instant de réflexion, l'inconnue se décida à faire une confidence :

— Vous savez quoi ? On n'a qu'à dire que je suis une condamnée à être. Nous sommes forcés d'exister d'une manière ou d'une autre, de poursuivre un but. Eh bien, je n'en ai pas. Je suis parvenue à ce constat. Aucun but, aucune perspective. Je n'ai pas de sens à offrir à mon existence. Cela fait-il de moi un monstre ? Je n'espère pas. Faut-il que j'aie un travail pour vous prouver que j'existe ? Je n'en ai pas. Je fais, donc j'existe ? Dans ce cas, je n'existe pas.

Martha posa une certitude au hasard :

— Et vous n'avez pas d'enfants, je suppose.

— Et pourquoi ça ?

— À cause de ce que vous dites.

— Détrompez-vous. À un moment, j'en étais proche. Il y avait même des images de lui animées sur un écran chez le spécialiste. On pouvait entendre son cœur battre. Il faisait la taille de mon petit doigt. Mais je ne sais pas ce qui lui a pris, par défi je suppose, il a voulu venir me voir un peu trop tôt, beaucoup trop tôt. Je n'ai rien senti. J'ai juste compris à cause du sang, partout, au réveil. Souvent, je me rassure en me disant que dès les premières lumières, il a deviné qu'il n'aurait pas su résister à la violence de ce monde. Alors il a préféré s'endormir avec quatre-vingt-dix ans d'avance.

Son regard, de nouveau, emprunta un chemin de traverse. Pour ne pas la laisser se perdre, Martha lui chuchota :

— Je suis désolée…

Aussitôt, elle se raccrocha à cette vivante présence :

— Pourquoi êtes-vous désolée ? Vous en êtes responsable ?

— Je n'espère pas, ce serait triste quand même. Vous savez, je l'ai trouvé très malin de réagir ainsi, très mature pour son âge. Je suis certaine qu'il ne voulait pas affronter tout ça.

D'un revers de la main, elle balaya négligemment l'univers.

— Ce fut court, quelques secondes à peine, mais on s'est tout de suite compris lui et moi, sans même avoir le temps d'échanger un regard. Le médecin et le presque-père y ont vu un accident, mais moi je sais pourquoi il a fait ça.

— Je suis désolée.

— Arrêtez, je vais finir par croire que vous y êtes vraiment pour quelque chose et franchement, je n'aimerais pas !

— Ça doit être terrible de…

Elle laissa sa phrase percuter le silence, incapable de lui broder une jolie fin. L'inconnue vint à son secours :

— De quoi ? Oh, n'ayez pas pitié de moi. Je m'en sors parfaitement bien. Je ne suis pas toujours joyeuse, mais il y a des jours où c'est très drôle de vivre. Vous savez, hier par exemple, en face du musée Leopold, j'ai vu un tout petit chien courir dans la rue après un énorme chien qui fuyait en jappant. Ça m'a fait beaucoup rire.

— Vous aimez les animaux ?

— Les Hommes, un peu. Les chats, oui. Les oiseaux, moins. Quant aux poissons, ils me sont indifférents. Ah, et j'ai très peur des serpents. Et vous ?

— Aussi. Même si je n'en ai jamais rencontré.

— Pourtant les bars d'hôtels en sont remplis, faites attention…

— Vous reprenez un verre ?

— Mieux, une bouteille. Autant fêter ça ! s'enhardit l'inconnue envahie par une joie furieuse.

Bien qu'elle ne sût pas ce qu'il fallait fêter, Martha accepta. Après tout pourquoi pas ? Elle se sentait curieusement à l'aise. Cette nuit, auprès de cette inconnue, elle pouvait tout dire, tout faire, et de toute manière elle n'éprouvait aucune fatigue, alors autant faire la fête en effet.

La jeune femme commanda une bouteille de vin blanc. « La plus chère », précisa-t-elle en jetant au barman un sourire aussi ironique que cruel. À quoi jouait-elle ? Martha répliqua à ce sourire par un haussement de sourcils :

— Vous pensez m'impressionner ?

— Pas vous. Moi. Je veux m'impressionner. Je flatte mon ego, c'est important, voyez-vous, j'ai appris ça à Paris, il faut faire ressentir à son ego qu'il vaut quelque chose, ça le rassure, et ensuite, il chuchote des mots doux à mon assurance, et hop, je bombe le torse. Je dis torse, mais ce sont mes seins que l'on verra en premier, personne n'est dupe, n'est-ce pas ?

Martha rit, franchement amusée :

— Non, en effet !

Le barman arriva avec le seau de glace et déboucha d'un geste délicat la radieuse bouteille. La jeune femme laissa Martha goûter. Cette dernière inclina la tête, satisfaite. Ce fut à ce moment-là que l'inconnue dit :

— Je suis certaine que vos seins sont plus beaux que les miens.

— Qu'est-ce qui vous fait dire ça ? l'interrogea Martha, amusée par cette remarque.

— Je le devine à travers vos vêtements.

Le visage du barman mûrit en un rouge fraise. À peine eut-il fini de verser le vin doré dans les verres qu'il s'éclipsa derrière son comptoir. La jeune femme eut du mal à cacher son hilarité :

— Vous avez vu comme il a fui ? J'ai juste prononcé le mot « seins » pourtant. Trop effrayant sans doute. J'aurais lancé le mot « nibards », il aurait ri, je suis persuadée même qu'il se serait senti suffisamment à l'aise pour participer d'un coup à la conversation.

— Tout ça n'est pas raisonnable. Demain, j'ai une réunion avec trois bijoutiers.

— À cette heure-ci, le raisonnable n'existe pas. On trinque à quoi ?

— À votre attente !

— À mon attente ! Et à notre rencontre !

— À notre rencontre ! cria Martha et elles éclatèrent de rire. Puis burent. Puis remplirent leurs verres, burent à nouveau, discutèrent au sujet de Vienne, des cafés, des musées, de Mozart, Klimt, Schiele, Freud, des escalopes panées et des concerts qui avaient lieu dans la ville. À un moment, Martha se leva et rejoignit le piano. Elle se mit à jouer un morceau. L'inconnue restée assise fut tout aussi impressionnée qu'enthousiasmée et après la dernière note, elle applaudit la gemmologue.

— Quelle chance de savoir jouer du piano, je vous envie !

— Il suffit d'apprendre, venez, ordonna Martha avec autorité.

— Je n'ai plus le temps.

— Mais vous avez à peine trente ans, espèce d'idiote ! Venez.

L'inconnue obéit.

— Asseyez-vous. Tenez, mettez vos mains ici, là, et faites ce que je vous dis.

Martha, devenue professeure, lui apprit deux accords à jouer en boucle. Sa nouvelle amie était ravie. Elle s'amusa à les reproduire plusieurs fois, les yeux brillants de joie. Puis elle déclara :

— J'ai soif.

Elles rejoignirent alors leur table, burent encore un verre. Les têtes tournaient et les esprits chantaient à la gloire des dieux oubliés.

— J'aurais aimé être concertiste, avoua l'inconnue.

— Et moi vivre au XIXe siècle ! renchérit Martha qui parlait de plus en plus fort. Aller dans des bals ! Prendre une calèche ! Embarquer dans un bateau pour l'Amérique !

Puis, brusquement, elle eut un haut-le-cœur qui la fit pâlir. Alors d'une voix d'enfant elle dit :

— Je crois que je vais aller me coucher. L'alcool a eu raison de moi et si je peux récolter deux ou trois heures de sommeil, ce sera toujours ça de pris. Vous voulez que l'on dîne ensemble demain ?

— Hélas non, répondit l'inconnue. Je pars dans la matinée, je descends vers la Grèce.

— Pourquoi la Grèce ?

— Parce que tout a débuté là-bas, paraît-il. Il y a un proverbe africain qui dit : « Si tu ne sais pas où tu vas, retourne d'où tu viens. » Et comme on a tendance à dire que la Grèce est le berceau de la civilisation, j'ai décidé d'y aller pour demander des comptes à notre civilisation.

— Vraiment ?

— Oui.

Martha éprouva un élan d'affection inédit :

— Je n'ai toujours pas compris qui vous êtes ni ce que vous faites, mais je m'en moque, je vous aime bien.

— C'est le plus important, non ? Moi aussi je vous apprécie. Vraiment. Vous m'avez fait du bien ce soir, vous m'avez réconciliée avec le monde, du moins pour le moment. Merci d'avoir cru en moi.

— Merci pour ce rire et le vin. On se reverra peut-être. J'ai envie de vous demander votre prénom, votre nom, mais je sens que vous allez refuser.

— Tout à fait ! Ça gâcherait notre amitié. Je préfère conserver le beau souvenir de cette soirée intact. Et confier notre prochaine rencontre au hasard.

Martha lui sourit :

— Alors, prenez soin de vous. Et j'espère à bientôt.

— Oui, à bientôt, j'en suis certaine.

Elles se levèrent toutes les deux. Martha fit un effort pour rester droite. Elle exigea de serrer la main de l'inconnue et répéta :

— À bientôt, l'amie.

Cette dernière retourna au piano et s'y installa pour jouer avec une solennité comique les deux accords appris afin d'accompagner Martha vers la sortie. La gemmologue riait. Elle riait de cette soirée et de cette rencontre, de ces deux accords qui résonnaient à chacun de ses pas. Elle riait encore en atteignant les portes de l'ascenseur. Elle riait toujours en pénétrant dans sa chambre, et malgré la terre qui tournait trop vite, même lorsqu'elle fut couchée tout habillée sur son lit, elle riait et continua à rire jusque dans ses rêves, le sourire noué aux lèvres.

LE DÎNER

Caroline Michel

lle est arrivée avec cinq minutes de retard à notre réunion du vendredi. J'étais dans la cuisine en train de détailler le chou-fleur et je l'ai entendue se plaindre dès qu'elle a retiré son duffel-coat. Elle a déposé ses affaires en soufflant, trop de monde sur la route, compliqué de se garer, puis elle s'est excusée pour son allure : « J'ai encore grossi les filles, je ne ressemble à rien. » Dans la foulée, elle a ôté ses lunettes, épongé ses lunettes, rechaussé ses lunettes et, en découvrant Anaïs et Nicole qui s'occupaient de l'accueillir, a lancé :

— Vous êtes si jolies, vous, ce soir !

Évidemment, Anaïs et Nicole ont répondu qu'elles avaient du ventre, et Nicole a ajouté, comme d'ordinaire, qu'elle était une fausse maigre. Se sont mis à pleuvoir des tonnes de compliments pour remonter le moral de Claire. On n'arrêtait plus Nicole, toujours inspirée quand il s'agit d'être positive, surtout depuis qu'elle suit une formation pour devenir coach de vie.

De mon côté, j'ai lâché mon gros couteau et quitté mon plan travail afin de les rejoindre, puis j'ai embrassé Claire en lui montrant ma ride du lion. « On ne voit qu'elle, approche, regarde, touche, si, tu vois ! »

Claire est si préoccupée par son apparence qu'il est bon de la réconforter en lui certifiant que nous sommes toutes dans le même bateau, peu importe que celui-ci flotte sur les fesses ou sur le front. Mais face à mon initiative, Claire a soupiré. J'ai bien vu que ça lui passait au-dessus.

Elle a déclaré qu'on était gentilles, toutes les trois, mais que vraiment, elle était grosse et vilaine, et que ça n'allait pas fort en ce moment. J'ai proposé que l'on s'installe au salon pour entamer les festivités et se détendre, d'autant que j'avais déjà dressé la table basse et allumé des bougies.

— On ne va pas camper dans le vestibule ! me suis-je exclamée.

— Sûrement pas ! a validé Nicole. Tiens, c'est nouveau, tes rideaux ? C'est tellement chaleureux chez toi.

— Trois fois rien, je les ai trouvés au boui-boui du coin !

Nicole est allée toucher un rideau et Anaïs l'a talonnée pour aller tripoter l'autre. Quant à Claire, elle a visé le sofa en velours. Avant de s'asseoir, elle a pincé ses poignées d'amour entre les doigts comme pour en mesurer l'épaisseur et nous fournir une preuve de ce corps débordant. Franchement, on n'en aurait pas fait trois steaks, mais qu'à cela ne tienne : Claire n'a jamais aimé ses formes.

Ce petit geste anodin, que Claire reproduit régulièrement comme une vieille chorégraphie de l'absence de l'estime de soi, a fait bondir Nicole qui a gagné le canapé d'un pas décidé. Nicole voudrait que Claire s'apprécie, et maintenant qu'elle nage en pleine reconversion professionnelle, elle se prend de passion pour le désarroi de son amie complexée. C'est assez flagrant, même si elle se garde bien de nous le dire.

— Allez, tu sais bien qu'on se fiche des kilos. Le plus important, c'est de vivre qui tu es, pas de courir après celle que tu n'es pas ! s'est-elle exclamée.

Elle a fait un énorme flop. Je crois même que Claire n'a pas compris, et voilà qu'elles ont ouvert une discussion sur les régimes, les aliments coupe-faim, les trucs et astuces anti-fringales. La conversation n'avait plus aucun rapport avec la pseudo-spiritualité de Claire.

Je dois avouer que ça me dépassait. J'en avais un peu ma claque que nos réunions du vendredi tournent autour du corps de Claire. Bien sûr, son mal-être me fait de la peine, et je sais bien qu'elle n'en rajoute pas. Mais bon, les rondes sont à la mode et ce qui compte, on nous l'a toujours répété, c'est la beauté intérieure. En plus, les hommes préfèrent la matière. C'est bien plus excitant que le vide et les os. Va caresser un sac de pierres, toi ! Un sac de coton est bien plus agréable ! Chaque fois que je le dis à Claire, elle me remercie et jette fugacement sa joue sur mon épaule. Une sorte de câlin express, de tape amicale mais en plus tendre. Mais ce vendredi-là, va savoir pourquoi, elle a répliqué que c'était un peu trop facile pour moi avec ma taille de guêpe. J'avais quand même envie de lui préciser que ma taille de guêpe n'était pas toujours évidente à porter et que moi aussi je rencontrais des difficultés à trouver le bon jean et le bon mec, mais je me suis abstenue. Je voyais bien qu'elle était triste. Il valait mieux la ménager. Sauf qu'elle s'est précipitée sur les Wasa à la tapenade dès que je les ai disposés sur la table. C'était de l'apéro allégé, j'en avais bien conscience, je fais attention à ce que j'avale. Mais à un moment donné, il faut faire preuve de cohérence. Je veux bien être gentille avec Claire et ses rondeurs, je veux bien la rassurer à longueur de temps, mais rien ne sert de me parler avec aigreur et de se goinfrer ensuite. Jusqu'à preuve du contraire, ce n'est pas ce qui va la faire maigrir.

À ce moment-là, Nicole n'en pensait pas moins, enfin il me semble. Bien sûr, comme moi et comme Anaïs qui était à peine intervenue jusqu'ici, elle s'est tue. Mais Claire n'est pas bête. Elle s'est justifiée tout de suite.

— La nourriture me réconforte, a-t-elle articulé la bouche pleine.

— On a toutes besoin d'être réconfortées par quelque chose, a répondu Nicole.

— Jamais par les légumes, malheureusement ! a plaidé Claire.

J'étais légèrement agacée, d'autant qu'elle ne touchait pas à mon chou-fleur. C'est pourtant délicieux, quand c'est cru et croquant ! Enfin peu importe. J'ai senti qu'elle allait couiner encore longtemps. C'est là que j'ai commencé à vriller dans ma tête. Moi, j'avais envie de parler d'autre chose, de vacances, de séries, de déco. En plus, j'avais une bonne nouvelle de boulot à annoncer, une mission d'envergure qui venait de m'être confiée par mes supérieurs et que je rêvais de partager avec les filles. Deux vendredis qu'on ne s'était pas vues à cause des vacances de chacune et j'étais impatiente de leur raconter que j'allais m'envoler pour Berlin et y rester un an. Je voulais leur exposer le projet en détail, mais aussi leur confier mes petites appréhensions. *Guten tag,* les filles !

C'est lorsque je me suis demandé quand Anaïs comptait dire quelque chose qu'elle a pris la parole. Anaïs est la moins bavarde d'entre nous, mais c'est aussi la plus tactile, alors elle a enlacé Claire et marmonné : « Je comprends ma biche, ce n'est pas facile de s'aimer, mais tu es belle comme un cœur. Pourquoi ne fais-tu pas équipe avec toi ? » Je me trompe peut-être, mais les mots d'Anaïs ont fait mouche, contrairement à ceux de Nicole. Tellement que Claire a mordu à l'hameçon, et admis qu'elle n'était pas sympa avec elle-même. Et là, on est reparties sur le cercle vicieux de l'alimentation, son caractère punitif les mauvais jours et festif les bons jours, et la possibilité d'entamer le régime paléo. Ça m'a barbée !

Mais bon, c'est comme ça, je le sais, sur les cinq à six heures hebdomadaires que nous passons ensemble, il y a toujours un moment Claire. À bien y réfléchir, Claire est ronde depuis toujours et, depuis toujours, c'est un sujet. Elle a essayé tous les régimes de la terre. Je me rappelle la période Okinawa : des litres de thé vert et des pousses de soja en boîte. La pauvre était toute blanche. Il y a aussi eu l'été hyperprotéiné. Nous nous étions envolées toutes les quatre pour une semaine en Corse, ça puait tout le temps les œufs dans la location, et Claire faisait de l'humour en disant qu'elle était à deux doigts de se transformer en poule ! Qu'est-ce qu'on a ri, malgré les odeurs. D'ailleurs, je crois que c'est depuis Ajaccio que Nicole est allergique aux œufs, ça lui fait des petits boutons entre les doigts.

Les régimes de Claire fonctionnent bien, mais pas longtemps. Elle perd dix kilos en trois mois et reprend le tout avec un petit bonus. Au bout d'un moment, il faut certainement se faire à l'idée que notre gabarit est ce qu'il est, puis dédier son énergie à autre chose. Mais vendredi, encore une fois, j'ai pris sur moi pour ne pas la braquer et lui ai rappelé que la société entière nous gavait de mannequins aux mensurations irréalistes. Je lui ai recommandé de fermer les yeux sur les affiches dans la rue et d'observer les femmes dans la vraie vie, les femmes dans le bus, les femmes à la caisse du supermarché, les femmes au restaurant. « On ne vit pas dans une pub de parfum ou dans un magazine spécial mode », ai-je tranché. Mais évidemment, Claire a décrété que dans la presse féminine, il y avait parfois des rondes et qu'elle pouvait bien continuer de lire ces magazines car ils sont bourrés de conseils intelligents. J'aimerais vraiment comprendre son besoin d'avoir réponse à tout. On n'était pas en train de débattre de son poids. Personne ne cherche à prouver que le tout le monde est mince sauf elle. Enfin si, elle.

— Mes cuisses se raffermissent depuis que j'ai pris l'habitude de terminer ma douche par un jet d'eau glacée, donc vous voyez, on ne lit pas que des choses futiles dans la presse, a renchéri Claire.

Elle était échauffée mais je ne lui en ai pas tenu rigueur : elle racontait enfin quelque chose de positif. Ça m'a fait plaisir. J'ai décidé de l'encourager en lui demandant des conseils sur ce conseil. Combien de temps, le jet ? Glacée-glacée l'eau, ou froide ? Quotidiennement ? Claire n'a pas su m'aiguiller. J'en ai conclu qu'elle me racontait des sornettes. Toujours est-il qu'on a connu un bref moment de répit. Nicole a même lancé l'idée de faire du longe côte l'année prochaine pour vivifier nos organismes, et Anaïs a décrété que c'était une projection fantastique.

La pause n'a pas duré. Quand j'ai ouvert une deuxième bouteille de rouge, Claire m'a dit : « Tu vois, Coralie, toi tu peux boire et tu ne prends pas un gramme. » C'était reparti. Alors déjà, si, je prends des grammes, mais tout est question de mesure. Ensuite, je ne bois pas tous les jours, je privilégie le vin à la bière, et la majorité de mes dîners se composent de soupe à la carotte. Je lui ai expliqué ça. J'ai ajouté que j'essayais de prendre soin de moi. Je pensais tenir une piste donc j'ai développé :

— Et si, pour fondre, tu te focalisais sur un « objectif santé » plutôt que sur un « objectif poids » ? Tu pourrais choisir de mieux manger pour avoir la pêche, pour apporter à ton corps des vitamines, des nutriments, du bien-être, qu'en dis-tu ? Et vous, les filles ?

Les filles ont toutes les deux acquiescé et le regard de Claire s'est illuminé. J'ai senti que mon idée faisait son petit effet. Elle voyait les choses sous un autre angle. On allait bientôt changer de disque. Mais que nenni, nous sommes restées sur le même. Anaïs m'a jeté un regard las. J'ai senti qu'elle arrivait au bout, elle aussi. Tout en levant son verre pour que nous trinquions une nouvelle fois, elle a enchaîné :

— Tu sais, Claire, nous avons été éduquées à être de gentilles petites filles et de jolies petites filles pour plaire aux hommes. Rappelle-toi au collège, on était obsédées par notre allure, tout ça pour séduire. L'image que tu as de toi aujourd'hui n'est que le résultat d'une représentation.

— Ah oui ?

— Si pendant six mois tu ne voyais que des femmes rondes et poilues, ça deviendrait ta nouvelle norme, tu ne crois pas ? Tu irais mieux ensuite.

— Tu as raison, Anaïs. J'aime tellement ce que tu dis, ça m'apaise.

Donc elle était apaisée ! Grand bien lui fasse. Je venais de dire exactement la même chose qu'Anaïs ! Avec d'autres mots, je le reconnais. C'est vrai qu'Anaïs a toujours su s'exprimer. Elle a fait fac de lettres, ça joue. Mon truc à moi, ce sont plutôt les chiffres. Je peux te vérifier une addition en trente secondes !

Pleine de ressources pour réconforter Claire, Anaïs a continué sur sa lancée et décrété qu'un copain de Laurent, son mari, était fraîchement célibataire. Une rencontre amoureuse pourrait modifier la donne. Le regard d'un homme peut aider à prendre confiance, à comprendre que la pression vient généralement de notre propre jugement. Mais Nicole n'était pas tout à fait d'accord, elle pensait qu'il était préférable d'avoir confiance en soi avant de s'embarquer avec quelqu'un. Je l'ai maudite pour cette remarque de coach à la noix. Pourquoi ne pas laisser Anaïs présenter ce type à Claire, avec la complicité de Laurent ? Claire aurait repris du poil de la bête mais, au lieu de ça, elle a validé les propos de Nicole. Évidemment, ça l'arrangeait.

À mon tour, j'ai tenté quelque chose, bien déterminée à classer le dossier. J'ai pensé que les réflexions d'Anaïs étaient intéressantes mais que Claire avait besoin de pistes plus concrètes. À mon sens, il faut surtout la secouer. Je lui ai donc suggéré de me suivre à la salle de sport. L'idée ne m'enchantait guère, mais j'étais vraiment à court de solutions et puis, avec un peu de chance, on allait parler d'activité physique jusqu'à dévier sur une conversation plaisante. Depuis trois mois, je vais au pilates, et jamais les filles ne m'ont demandé si c'était chouette, à croire que le corps de Claire est plus captivant que mon périnée désormais ultra souple.

Ça m'embêtait d'imaginer Claire dans mes pattes. Le sport, c'est ma bulle à moi, mais bon, je savais pertinemment qu'un grand oui de sa part se solderait par un grand non dans quatre jours. Tout pile ! « Pourquoi pas, on verra… C'est où ? Ça coûte combien ? Le prof est sympa ? Il existe des promotions de rentrée ? » Un interrogatoire qui m'a obligée à vanter les mérites de mon club alors que j'avais bien envie de l'envoyer balader – elle bouffait toutes les olives et les gressins. Si tu es motivée pour faire du sport, tu prends ce qu'on te donne, qu'est-ce que ça peut faire que la salle se trouve à République ou dans le quartier de la gare ? On ne vit pas à Paris, nous. Tout est à cinq minutes à pied.

La soirée a commencé à me taper sur le système. J'ai sorti les lasagnes du four en songeant que si ça avait été un plat allemand, j'aurais tenu la transition idéale pour annoncer ma grande nouvelle. Mais les lasagnes, c'est plutôt italien, alors, au lieu de ça, je me suis fait la promesse que j'allais arrêter de recevoir. C'est toujours moi qui m'y colle, enfin plus souvent que les trois autres, et je me retrouve à subir plutôt qu'à profiter. Les prochaines fois, elles se débrouilleront et je me pointerai si le cœur m'en dit. Je viendrai quand Claire aura maigri, tiens. Cela dit, même quand Claire est mince, on parle de poids et de régimes. Les filles lui demandent comment elle fait pour être aussi svelte, Claire ne se sent plus pisser, elle adore se mettre debout pour que l'on approuve sa nouvelle silhouette. Après, elle récite les points Weight Watchers. « Zéro point les légumes, trois points les cent grammes de pâtes, deux points le yaourt. » Je n'en peux plus.

Je connais les filles depuis le lycée. En servant les lasagnes, je comptais les années et je m'en voulais d'être aussi dure avec Claire. Je l'aime sincèrement. Qu'est-ce qu'on a pu rire ensemble ! Vraiment, tout est prétexte à rire avec Claire, sauf le poids et l'alimentation. Enfin si, une fois, on en a fait pipi dans nos culottes. Elle était amoureuse de mon grand frère quand elle avait vingt ans, mais il la trouvait trop joufflue. Il pouvait parler, lui qui était bien en chair ! On l'a imaginé en plein cours de fitness, le tableau était si grotesque que nous étions hilares. Dans la foulée, on a décidé de mettre tous ses t-shirts au sèche-linge pour qu'ils rétrécissent. Nous nous sommes ravisées, mais imaginer sa réaction nous a suffi pour partir en fou rire, et Claire se sentait beaucoup mieux. Maintenant, quand un linge ressort tout petit de la machine à laver, on dit que c'est pour Bruno !

En repensant à tout ça, avec ma manique et ma louche, j'ai soudain été inspirée : et si je faisais un brin d'humour pour décrisper Claire ? Mais je m'en sentais incapable. Rien ne me venait. La réunion du vendredi était trop mal engagée pour que je me déguise en clown. Tant pis si j'étais dure avec Claire. Je ne l'étais que depuis quelques minutes, ce qui n'était rien comparé à toutes ces années passées à la soutenir et à l'accompagner dans les magasins. Quand nous étions plus jeunes, toutes nos sessions shopping finissaient en drame, et moi, patiente, je consolais toujours Claire, et, comme pour les dîners, je m'y collais plus souvent que les deux autres. J'ai fini par abandonner mon rôle de *personal shopper*. Ça me demandait un paquet d'efforts. Une heure ou deux, d'accord, mais quatre heures à l'écouter pleurer ses contours et à accuser son métabolisme en me tombant dans les bras, c'en était trop. Le métabolisme est un coupable évident, je ne le nie pas, mais c'est un coupable pratique. Le premier coupable, c'est l'huile.

Bref, vendredi, j'ai peut-être atteint mes limites. Je craignais qu'on ouvre un débat sur la volonté. Je sais bien que maigrir n'est pas toujours une question de volonté. D'ailleurs, Claire nous a déjà prouvé la sienne : dix jours à manger des œufs durs et du blanc de dinde, il faut le faire ! Non, ma petite Claire est une battante, je crois que le hic, c'est qu'elle s'ennuie trop dans la vie. Bureau, bus et dodo, ce n'est pas très exaltant. Elle n'a pas de passion. Elle ne sait pas à quoi penser, donc elle se concentre sur son corps. Il ne faut pas avoir fait cinq ans de psychologie pour en venir à une telle conclusion. Si seulement Nicole n'avait pas contredit Anaïs et son projet d'entremetteuse, on aurait peut-être trouvé un remède à sa solitude. Qu'est-ce que ça m'énerve.

À table, Claire a mangé à toute vitesse mes lasagnes. Trois heures de préparation pour deux minutes dans la bouche. « Et toute la vie sur les hanches ! » comme disait mon ex-mari. Enfin, mes lasagnes ne finissent pas sur les hanches, une chance pour Claire. Ce n'est pas chez Nicole que Claire se transformait en plume. Il y a du beurre à toutes les sauces ! N'empêche que Claire devrait prendre exemple sur Nicole, qui est plutôt ronde et ne s'en plaint jamais. Elle est bien dans ses baskets. Anaïs, elle, est toute petite et fluette et, de la même façon, elle ne râle jamais. En plus, Claire ne l'agresse pas. Il n'y a que moi qu'elle attaque sur ma taille fine. Moi qui suis toujours là, fidèle au rendez-vous.

Quand j'ai demandé qui souhaitait reprendre une part de mon plat, Claire a répondu : « Non, merci. » J'aurais pu la féliciter, même silencieusement, mais je sais qu'elle a feint d'être repue. Claire mange souvent en cachette, elle nous l'a déjà confié les soirs de grande détresse. Elle grignote des gâteaux dans son lit avant de s'endormir. Il n'y a pas de fumée sans feu. Cette simple vision de Claire en train de se gaver en rentrant chez elle, tout ça parce que mes lasagnes au tofu ne l'ont pas nourrie, m'a fait sortir de mes gonds. J'aurais dû tourner ma langue sept fois dans ma bouche avant de causer mais je n'ai pas pu, elle était pleine. Je lui ai dit : « Ça va, ressers-toi, tu ne vas pas me faire croire que t'as plus faim ! » Elle l'a mal pris et j'ai cru voir des étoiles quand elle a tapé du poing sur la table en me disant qu'elle en avait par-dessus la tête de mes manières et de mes attitudes de nana coincée qui compte ses graines au petit déjeuner. Moi, compter mes graines ? N'importe quoi, je te vide sans broncher mon paquet de muesli dans mon lait d'amande, je ne chipote pas. Ce n'est pas ma faute si j'ai toujours été mince, par contre c'est de la sienne si elle enfle. « On n'a jamais vu un bagnard devenir gros, madame Claire ! » J'ai lancé ça comme ça, faut dire ce qui est.

Elle est devenue toute rouge. Anaïs et Nicole ont essayé de calmer le jeu :

— Les filles, quand même, faites preuve de maturité, s'il vous plaît. Vous savez bien que cette histoire de poids nous obsède malgré nous, et on ne va quand même pas laisser nos obsessions nous séparer !

— Mais oui, exactement, je te l'ai déjà expliqué, Claire, a enchaîné Anaïs.

Claire n'a pas écouté, elle a rétorqué que je n'avais pas encore quarante ans, que je ne pouvais pas comprendre. Ça n'avait aucun sens, nous avons une seule année d'écart. J'aurai quarante ans demain ! Enfin façon de parler.

En tout cas, j'en étais sûre, elle fait une crise de la quarantaine et c'est pour ça que son humeur se dégrade de vendredi en vendredi. Ça aussi, je lui ai dit, mais qu'est-ce que je n'ai pas dit ! Elle a flanqué son assiette vide et parfaitement saucée au sol et s'est ruée sur la porte d'entrée. Elle a récupéré son manteau et elle s'est barrée. Bon vent, j'ai pensé. *Auf Wiedersehen* !

Les filles m'ont regardée, complètement gênées, et moi j'étais super mal à l'aise. Je n'aime pas que les situations virent au drame comme ça. Je m'étais donné beaucoup de mal pour qu'on passe une agréable soirée et qu'on fête mon départ. En plus, si je vais à Berlin, on ne va pas se voir pendant un an. Nos réunions du vendredi vont en prendre un coup, j'avais envie de leur en parler pour qu'on trouve une solution. J'avais même espéré que l'on s'organise pour qu'elles viennent me rendre visite en Allemagne dès le premier vendredi d'octobre.

J'ai fixé la porte que Claire venait de claquer, puis mon plat, puis l'assiette en morceaux, puis la porte. Anaïs et Nicole ont gardé le silence, moi aussi, je me suis mordu la lèvre supérieure, et là elles m'ont dit :

— Non mais, attends, tu as eu raison, Coralie. Claire doit déjà être chez l'épicier en train d'acheter des paquets de gâteaux et du Coca, et toi t'as quand même été hyper sympa de lui proposer de te suivre à la salle de sport alors que le sport, c'est ta bulle. Elle ne fait franchement aucun effort. Sérieusement, elle avait encore pris, et c'était quoi ce pantalon ?

ESSENTIELLES

Carène Ponte

Je me laisse tomber sur le canapé plus que je ne m'y assois. La journée a été éprouvante. La cérémonie, les condoléances, les sourires forcés, les « merci d'être venus, ça lui aurait fait plaisir »…

Il y a quelques heures, j'ai dû dire adieu à ma mère, un adieu qui paraît irréel tant elle est présente dans chacune de mes pensées. Depuis que je suis réveillée, je n'ai cessé de me demander si elle aurait aimé les compositions florales, si elle aurait validé les chansons que j'ai choisies, si elle aurait été heureuse ou triste de voir tant de monde réuni autour de son cercueil en merisier clair. Maman…

Charlotte et Mélanie me rejoignent et sans dire un mot me prennent dans leurs bras. Alors, je m'autorise enfin à pleurer. Là, dans la maison où j'ai grandi, entourées de celles qui font partie de ma vie depuis bien des années, je laisse couler mes larmes, je cesse de faire bonne figure, d'être forte. Je sanglote d'avoir perdu la femme qui m'a mise au monde, qui m'a aimée et qui a largement contribué à faire de moi celle que je suis.

— Les filles… faites-moi une promesse, se lance Mélanie pour rompre un silence à couper au couteau. Promettez-moi que le jour de mon enterrement vous ferez la fête et danserez toute la night !

— Mèl ! s'offusque aussitôt Charlotte. Tu en as de bonnes, toi. Si tu crois que c'est facile de faire la fête quand on vient de perdre quelqu'un qu'on aime !

— Je sais que c'est très difficile, mais toute cette tristesse… Et puis ça montrera à quel point vous m'aimez si vous y parvenez ! Ah, et une autre petite chose, je veux bien qu'Orlando Bloom soit présent également.

— Orlando Bloom ? Mais pour quoi faire ? hoqueté-je. Tu ne seras plus là pour le voir.

— Mon esprit le saura ! Puisqu'il flottera au-dessus de mon corps. Et croyez-moi, ça atténuera drôlement ma peine d'être passée de vie à trépas. Vous ne refuseriez pas ce dernier plaisir à une morte quand même ?

Je peine à sourire mais je reconnais bien là Mélanie, qui est sans doute la personne la plus drôle que je connaisse, drôle malgré elle bien souvent, ce qui est encore mieux.

Nous avions onze ans lorsque nous nous sommes rencontrées pour la première fois. C'était en début d'année scolaire, nous étions chacune toute seule pour faire notre rentrée au collège. Ma mère travaillait, et n'avait pas pu se libérer malgré tous ses efforts. Celle de Mélanie s'en fichait. Nos deux solitudes s'étaient attirées comme des aimants. Ce matin-là, faute d'avoir pu compter sur sa mère pour la réveiller en temps et en heure, elle avait enfilé dans la précipitation deux baskets différentes. Deux baskets différentes pour lesquelles elle ne s'était pas démontée et n'avait cessé d'affirmer qu'il s'agissait d'une paire très rare, importée des États-Unis, que de toute façon *vous-n'y-connaissez-rien-bande-de-nazes*. Et ça avait fini par marcher. Tant et si bien qu'elle avait été obligée, revers de la médaille, de porter ensemble toute l'année ces deux baskets dépareillées.

Charlotte, elle, avait rejoint notre duo trois ans plus tard, en emménageant à deux maisons de la mienne. Elle nous avait regardées du coin de l'œil pendant plusieurs jours étaler nos draps de plage sur le carré d'herbe ombragé au milieu du lotissement, avant d'oser venir nous parler. Comme nous l'avions trouvé sympa, elle avait fini par apporter sa serviette, une jaune avec un énorme coquillage bleu en plein milieu. Je me souviens comme si c'était hier de ces belles journées d'été que nous passions ainsi allongées, toutes les trois, à lire des tonnes de magazines, à fantasmer sur nos chanteurs préférés, et à défendre avec fougue notre *boys band* favori. Mélanie et Charlotte étaient dans le camp des Backstreet Boys et moi dans celui des New Kids on the Block. Jamais elles ne l'admettront bien sûr, mais c'est moi qui avais raison. J'ai toujours eu de biens meilleurs goûts musicaux qu'elles.

Vingt ans plus tard, elles sont toujours là, présentes, essentielles et bien plus constantes que tous les hommes qui ont traversé ma vie, pour certains parfois aussi vite qu'ils y sont entrés. Elles sont les premières personnes que j'ai appelées après le décès de maman. Elles sont les premières à avoir accouru pour m'offrir leurs épaules.

— Et maintenant ? demande Charlotte. Quelle est la suite du programme pour les prochains jours ?

— Commencer à trier ses affaires pour vider la maison. Le propriétaire m'a dit qu'il avait des gens intéressés pour reprendre la location. Il me laisse tout le temps dont j'ai besoin, mais je n'ai pas envie que ça traîne. Et puis… demain, je récupère l'urne.

— Ne me dis pas que tu vas la laisser dans ton salon ? s'écrie Mélanie avant de grimacer pour le coup de pied que lui balance Charlotte. Mais, quoi ! Tu ne vas pas me faire croire que tu ne visualises pas la scène où Ben Stiller casse le vase dans lequel se trouvent les cendres de la mère de Robert de Niro, tente-t-elle de se défendre à voix basse auprès de Charlotte.

Aussitôt je la visualise, moi, la scène. Le chat qui se frotte contre la jambe de Ben Stiller. Ben Stiller qui fait tomber le vase. Et sans doute parce que je suis épuisée, que j'ai de la peine à contrôler mes émotions, je me mets à rire. Un rire qui s'amplifie, un rire communicatif, un rire qui me tire des larmes et me donne mal aux côtes. Je ris pendant plusieurs minutes, incapable de m'arrêter, jusqu'à en perdre le souffle. Et c'est comme une vague de douceur qui, l'espace d'un instant, emporte tout sur son passage.

— Ça va, Frédérique ? s'inquiète Charlotte. Tu veux que je te ramène quelque chose à boire, un verre d'eau, un truc plus fort ?

Elle se lève sans attendre ma réponse et se dirige vers la cuisine. Inutile de lui indiquer où sont rangés les bouteilles et les verres ; adolescente, elle a passé tellement de temps dans cette maison qu'elle a fait sienne l'expression « tu es ici chez toi ».

— Je ne dirais pas non à un petit remontant, lance Mélanie. Je vais aller l'aider. Tu la connais, si on la laisse faire, elle va revenir avec une théière de verveine.

Nous moquer de Charlotte et de son petit côté mamie est l'un de nos passe-temps favoris. En ne se couchant que rarement après 21 heures et jamais sans avoir glissé au préalable une bouillotte au fond de son lit, force est d'admettre qu'elle nous le sert sur un plateau. Ceux qui nous connaissent sont souvent étonnés par la longévité de notre amitié, nous sommes toutes les trois très différentes. En fait, c'est comme s'il existait une sorte de pacte tacite entre nous : chaque fois que nous nous approchons d'un sujet dangereux, susceptible de nous diviser ou de nous éloigner, nous le contournons, le mettons à distance. Quand Charlotte a emménagé avec son connard de Romuald, nous n'avons rien dit, ou presque rien. Elle était très amoureuse – et très aveugle –, cela n'aurait pas servi à grand-chose de lui faire part de nos sérieux doutes. En revanche, elle a pu compter sur nous à mille pour cent quand il a fallu balancer toutes ses affaires par la fenêtre, y compris sa précieuse collection d'ouvre-boîtes. Aujourd'hui encore, je me demande comment elle a pu faire confiance à un type qui n'avait rien trouvé de mieux à collectionner…

— Je voulais nous préparer des piña colada mais je n'ai trouvé ni jus d'ananas ni crème de coco. Alors ce sera juste du rhum avec des glaçons, m'informe Mélanie, de retour de la cuisine, en me tendant un verre à demi-rempli du breuvage transparent.

— J'ai aussi mis une bouilloire à chauffer, ajoute Charlotte.

J'essuie les dernières larmes, vestiges de mon fou rire, et bois une gorgée de rhum, qui me fait grimacer.

— Merci, Mèl, pour cette délicieuse piña colada sans piña ni colada. Un trou dans l'estomac, c'est pile ce qu'il me fallait. Et pour répondre à ta question concernant l'urne, non je ne tiens pas à la garder chez moi. Peut-être que c'est réconfortant pour certains, mais pas pour moi. Et puis ma mère m'a dit un jour que si elle pouvait choisir, elle voudrait que ses cendres soient dispersées dans son jardin, au lever du soleil. Elle y passait tout son temps libre, à désherber, planter, déplacer, replanter. C'était toujours là que nous passions notre première nuit de vacances, quand j'étais gamine. Maman installait une tente et on campait dans notre propre jardin. Elle me réveillait à l'aube pour qu'on regarde ensemble le soleil se lever. Les années où elle n'avait pas beaucoup de moyens, on prolongeait le séjour de quelques nuits, elle inventait toutes sortes d'activités pour me faire oublier que seulement quelques dizaines de mètres nous séparaient de notre porte d'entrée. Les années plus clémentes, juste après le lever du soleil, on remballait, on jetait négligemment le tout dans le coffre de la voiture et on partait au bord de la mer. Alors, je me suis dit que je pourrais refaire ça pour elle. Passer une nuit dans son jardin… avec elle. Et disperser ses cendres au moment du lever du soleil.

— Tu sais déjà quand tu comptes faire… ça ? me demande Charlotte, visiblement émue.

— Non, je n'ai pas encore décidé. Mais, je me disais que ce serait bien de ne pas trop traîner, même si c'est dur. De toute façon, je ne me sens pas capable de garder son urne sous les yeux trop longtemps.

Mélanie et Charlotte se regardent.

— Dis-nous quel jour il faut nous pointer ici, et s'il faut qu'on apporte quelque chose.

— Comment ça ?

— Tu ne pensais tout de même pas qu'on allait te laisser seule pour un moment pareil ? s'émeut Charlotte.

— Parce que, si c'est le cas, c'est très mal nous connaître, enchaîne Mélanie. Il est hors de question que tu doives faire ça toute seule. On campe avec toi dans le jardin de ta mère, c'est non négociable.

J'avais bien entendu envisagé de le leur demander, mais je ne sais pas si j'aurais osé.

— Merci, les filles. J'ai de la chance d'avoir des amies comme vous, dis-je, la voix chevrotante, à nouveau gagnée par l'émotion.

Est-ce que ça va durer encore longtemps ces passages du rire aux larmes toutes les cinq minutes ? Moi qui ne suis pas du genre à exposer mes émotions, je suis servie.

*

Je vérifie une dernière fois que tout est prêt. Sac de couchage, glacière, lampe torche, réchaud, ustensiles de cuisine, tente, matelas gonflables, chaises pliantes... C'était bien la peine de faire la leçon aux filles en mode « on campe léger, rien que le nécessaire »...

Pour le moment, l'urne, elle, est dans un placard. Je ne savais pas où la mettre en rentrant chez moi. Et il m'était impossible de l'avoir sous les yeux. C'était un moment particulier de la récupérer, de réussir à faire abstraction de son contenu. Pendant tout le trajet, je me suis sentie obligée de parler encore et encore, pour dire tout et n'importe quoi, remplir l'espace pour ne pas laisser la peine s'installer. Je n'aime pas pleurer, mais s'il y a bien quelque chose que j'aime encore moins, c'est pleurer en conduisant.

Je lui ai raconté que j'avais commencé à vider la maison et que j'ignorais cette passion qu'elle avait développée pour les romans érotiques. J'en ai trouvé tout un carton dans son armoire. Je l'ai aussitôt imaginé en train de lire, elle qui rougissait dès qu'on lui disait qu'elle était jolie. Je lui ai aussi parlé de ce qu'on avait prévu avec Mélanie et Charlotte pour la cérémonie. En réalité je voulais dire dispersion au lieu de cérémonie, mais le mot est resté bloqué dans ma gorge. Dispersion ça sonne comme disparition. Je refuse qu'elle disparaisse.

*

J'ai une petite heure devant moi avant l'arrivée des filles, j'en profite pour continuer à trier. C'est fou ce que l'on accumule au fil des années. Toutes les maisons sont pleines de babioles conservées au nom du sacro-saint « on ne sait jamais, ça peut toujours servir ». La réalité, c'est qu'on pourrait monter des magasins rien qu'avec tout ce qui a été conservé et n'a jamais servi. Alors même que parfois c'est écrit sur la tête du bidule qu'il ne sera plus jamais utilisé. Notamment quand on ne sait même pas à quoi il servait au départ...

J'en suis déjà à mon quatrième sac-poubelle, encore à me demander pourquoi conserver une seule aiguille à tricoter, quand je sors de l'armoire un dernier carton, sur lequel est écrit « Frédérique ». C'est son écriture, je la reconnaîtrais entre mille à sa façon de former les e. Ma main tremble au moment de l'ouvrir. Il y a quelques dessins, quelques cadeaux de fêtes des mères, un bulletin de 5ᵉ, celui du deuxième trimestre, des photos, de moi, de nous deux, ma première paire de chaussons de danse dont la semelle est à peine usée – j'ai détesté la danse – et puis une grande enveloppe sur laquelle elle a écrit « Ce que je me souhaite ».

Les images déferlent. Elle aimait créer des traditions, elle disait que c'était comme ça qu'on se forge des souvenirs durables. Les filles sonnent à la porte. Je referme le carton et le pose sur le lit.

— J'arrive, les filles ! crié-je en sortant de la chambre, l'enveloppe sous le bras.

*

— Tu es sûre que c'est comme ça qu'il faut faire ?

— C'est ce qu'ils font dans la pub, ils lancent la tente et, *hop*, elle se déploie toute seule, répliqué-je, sûre de mon fait. Quand je l'ai achetée l'autre jour, le vendeur m'a affirmé que même un enfant de cinq ans serait capable de la monter !

Vingt minutes plus tard, nous n'avons pas d'autre choix que d'admettre que nos compétences sont inférieures à celles d'un enfant de cinq ans. Nous sommes obligées de nous arrêter, gagnées par un fou rire. La tente ne s'est pas vraiment déployée et nous cherchons péniblement comment utiliser les tiges et piquets fournis.

— Si j'en crois la notice, il faut d'abord enfiler ce machin par la droite et ensuite seulement on peut mettre l'autre machin dans le trou, nous explique Charlotte, ce qui renforce notre hilarité.

— Je propose que nous dormions sur la tente et non dans la tente, intervient Mèl. Après tout qu'est-ce qu'on risque ?

— Être trempées. Il est prévu de la pluie vers 2 heures du matin, lui répond Charlotte, téléphone en main, scrollant l'application météo.

— Arf…

*

Après plusieurs tentatives non concluantes et une bonne heure d'efforts – la notice mentionnait vingt minutes pour un seul petit bonhomme dessiné, bon bref –, notre refuge pour la nuit est enfin monté. Et il a fière allure. Une tente avec une chambre séparée dans laquelle nous avons pu faire tenir – si l'on fait abstraction d'un parfait alignement des bords – nos trois matelas.

— Un vrai jeu d'enfant ce montage ! lance Mélanie, les mains sur les hanches, avant d'éclater de rire. Et maintenant, on fait quoi ?

— Et si on faisait griller des marshmallows ? Comme dans les films, propose Charlotte. On cherche des bâtons sur lesquels les planter, on…

— … frotte deux silex pour faire du feu, et on chante « c'est une maison bleue adossée à la colline, on y vient à pied, on ne frappe pas, ceux qui vivent là ont jeté la clé » ? Passe-moi la guitare que je commence à jouer, se moque Mélanie.

— C'est toujours pareil quand j'ai une idée, vous la balayez sans même l'examiner.

— Peut-être parce que chacune de tes idées nous renvoie au siècle dernier et nous donne l'impression d'avoir mille ans, suggéré-je avec précaution.

Heureusement, Charlotte a l'habitude et ne se vexe jamais. On l'adore aussi pour ça.

— D'accord, je remballe mes marshmallows. Chips et saucisson à la place ?

— Vendu ! nous exclamons-nous en chœur, Mélanie et moi. Tu vois qu'on ne jette pas toujours toutes tes idées, la taquiné-je.

— J'ai préparé du punch pour aller avec, nous informe Mélanie.

— Et moi, un taboulé, ajouté-je.

— Un taboulé ? Et c'est moi qui vous donne l'impression d'avoir mille ans, plaisante Charlotte à son tour. Il y a encore des gens qui mangent du taboulé ? Manque plus que du céleri rémoulade et nous voilà propulsées à la cantine du collège, avec madame… Comment elle s'appelait déjà la cantinière ?

— Mme Mottier ! s'écrie Mélanie. Jamais quelqu'un ne m'aura foutu autant la trouille

qu'elle. Elle aura à son actif l'éternel exploit
de m'avoir fait avaler, et sans rechigner, une
assiette entière de choux de Bruxelles. J'en
ai cauchemardé pendant des semaines. J'étais
coincée dans un couloir, poursuivie par un
chou géant et j'entendais sa voix qui répétait
« Mange tes choux, mange tes choux, sinon
tu auras affaire à moi ». Brrrrrr, j'en tremble
encore.

— Et M. Lefebvre, vous vous souvenez de
M. Lefebvre ? nous demande Charlotte. Je l'ai
croisé il y a quelques semaines en faisant mes
courses, et je vous le donne en mille, il portait le
même gilet qu'à l'époque !

— Le marron à carreaux ?

— Celui-là même ! me confirme-t-elle avant
d'éclater de rire.

Je suis heureuse qu'elles soient là toutes les
deux. Ça rend le moment moins douloureux,
moins solennel.

*

Le soleil décline lentement. Nous nous remé-
morons nos souvenirs de collège, enchaînons
les fous rires et descendons les verres de punch.
C'est ce que ma mère aurait voulu, et si jamais
elle nous regarde de quelque part, je sais qu'elle
est heureuse de voir que nous passons la soirée

toutes les trois dans le jardin qu'elle a tant aimé, à nous construire des souvenirs.

— J'ai commencé à faire du tri dans la maison et je suis tombée sur un truc que j'avais complètement oublié. C'était une idée de ma mère, encore une tradition qu'elle avait instaurée.

Je me lève pour aller chercher l'enveloppe et la tends aux filles.

— « Ce que je me souhaite », lit Charlotte.

— L'idée était simple, je devais écrire trois choses que je me souhaitais sur un morceau de papier, puis maman le mettait dans une enveloppe qu'elle cachetait jusqu'à l'année suivante. C'était à la fois drôle et émouvant, une fois sur deux, je ne me souvenais absolument pas de ce que j'avais bien pu me souhaiter pour l'année à venir.

— « Je souhaite que Jérémy Pécheux tombe amoureux de moi », lit à son tour Mélanie avant de s'écrier, Jérémy Pécheux ! Ne me dis pas que tu en pinçais pour cet avorton. Il mesurait un mètre douze les bras levés !

— Qui est Jérémy Pécheux ? m'interroge Charlotte.

— Un garçon du collège qui n'est resté qu'une année. Il n'était pas si petit que ça, m'offusqué-je. Et il était gentil.

— Tu ne m'as jamais dit que tu craquais sur lui.

— On se demande bien pourquoi ! réplique Charlotte. Je ne connais pas ce Jérémy machin chose mais chaque fois qu'on avait un coup de cœur sur un type, tu trouvais toujours qu'il avait un truc qui clochait.

— Pas du tout !

— Et Benjamin Pantin, et Cyril Gruhter, et...

— Cyril Gruhter, celui qui se prenait pour un Power Rangers dans la cour de récré ? demande Mélanie avant d'éclater de rire.

— Oui, bon, mauvais exemple, mais avoue que tu n'as jamais été tendre avec les types qui nous plaisaient.

— Parce que vous valiez mille fois mieux que tous ces nazes. Mais si tu nous annonces dans quelques semaines que tu as revu Cyril force jaune et que tu souhaites l'épouser, je promets de ne pas m'y opposer.

Je pouffe.

— Que s'est-il passé finalement avec ton Jérémy ? me demande Charlotte. Est-il tombé amoureux de toi ?

— Non. Il était fou de Carole Borgot. Et elle de son côté ne lui accordait pas le moindre regard.

— Carole Borgot, Carole Borgot... réfléchit Mélanie à voix haute. C'est pas cette fille qui mettait des chaussettes dans son soutif pour faire croire qu'elle avait des seins ?

— Oui, c'est elle ! Vous vous souvenez de la fois où elle a perdu un de ses « seins » pendant le cours de sport ? La tête des mecs qui étaient amoureux d'elle !

— Je l'ai recroisée elle aussi il y a quelques années, elle était enceinte jusqu'aux dents, nous apprend Charlotte.

— Et ?

— Elle était enceinte jusqu'aux dents, c'est tout. Il n'y a pas toujours matière à commérage, se défend-elle alors que nous éclatons de rire.

La nuit est bien entamée lorsque nous nous décidons à aller nous coucher, ce qui revient à faire trois pas en arrière dans la tente et à nous allonger tant bien que mal sur nos matelas gonflables. Nous avons passé en revue mes souhaits d'adolescente, enchaîné les fous rires, vidé la soupière de punch. Et grâce à Mélanie et Charlotte, pas une seule fois je n'ai pensé à ce qui m'attendait le lendemain.

— Vous avez entendu ce bruit, les filles ? murmure soudain Mélanie alors que je commence à m'assoupir. On aurait dit un ours.

— Un ours ? Dans le jardin de ma mère ?

— J'ai entendu comme un grognement je te jure. Si c'est pas un ours, c'est quoi alors ?

— Un hérisson ? dis-je en bâillant. C'est le plus féroce des animaux que j'ai croisés en campant sur cette pelouse.

— Ah mon Dieu j'ai senti une bête sur ma jambe ! s'écrie alors Mélanie.

— C'est mon pied, la rassure Charlotte en riant.

— Moquez-vous, je n'ai jamais dit que j'étais à l'aise en camping, hein. Et si quelqu'un entrait dans la tente pour nous tuer pendant qu'on dort ? Comment on fera pour se défendre ?

— T'inquiète, personne n'osera s'approcher, un ours monte la garde.

— Ah, tu vois que toi aussi tu as entendu un bruit d'ours ! Promets-moi que si on remet ça l'année prochaine, en hommage à ta maman, on campera mais dans la chambre d'un hôtel cinq étoiles ! Tu pourras dormir à même le sol si jamais tu culpabilises.

— Je te le promets.

*

Le soleil commence sa lente ascension. Je suis assise sur *son* banc, celui qu'elle a chiné pendant des mois, qu'elle a poncé et repeint et sur lequel elle aimait venir s'asseoir pour lire ou simplement contempler ses fleurs. Je n'ai pas vraiment réussi à trouver le sommeil, alternant entre somnolence et sursauts. Il ne reste plus beaucoup de temps, d'ici quelques minutes le jour sera complètement là, c'en sera fini de ces quelques instants de flottement. Plus tout à fait nuit, mais pas encore jour. « Le moment de tous les possibles, aimait à me répéter ma mère, celui où tu peux choisir n'importe quelle direction. »

L'urne est posée contre ma cuisse. J'approche lentement ma main de la paroi, hésite, avant de finalement la toucher. Elle est froide et un peu rugueuse. Je ne sais pas à quoi je m'attendais, mais pas à ça. Une vague de tristesse déferle en moi. Je ne vais pas en être capable. Je ne vais pas y arriver.

Du coin de l'œil, je vois Mélanie et Charlotte qui sortent de la tente, les yeux encore gonflés de sommeil et les cheveux en bataille. Elles me rejoignent en silence, Charlotte s'assoit à côté de moi et me prend la main. Des larmes coulent sur mes joues et commencent à humidifier les siennes.

Plus qu'une ou deux minutes. Et ensuite il sera trop tard.

— Je ne peux pas. Je n'y arrive pas, lâché-je dans un souffle.

Un trou béant s'est ouvert dans ma poitrine, c'est trop dur, trop douloureux. Je refuse de la voir s'envoler.

— Tu veux que je le fasse ? me propose Mélanie qui s'est agenouillée devant moi.

Je lis dans ses yeux toute l'amitié qu'elle a pour moi, toutes ces années passées ensemble, jamais très loin, jamais longtemps sans nouvelles.

J'acquiesce du menton.

Alors Mélanie se relève. Dans un geste d'une infinie douceur, elle se saisit de l'urne et en dévisse la partie supérieure. Des larmes roulent à présent également sur ses joues. Charlotte, quant à elle ne m'a pas lâché la main, je la serre de toutes mes forces, je m'y accroche comme à une bouée de sauvetage.

Ensemble, nous regardons les cendres se disperser au gré du vent. Ensemble nous pleurons. Pendant de longues minutes. En silence.

Le soleil s'est levé à présent, je sens la chaleur des rayons sur ma nuque. Une belle journée s'annonce, idéale pour un pique-nique au bord du lac. Si l'on part maintenant, on y sera dans à peine deux heures. Il ne faudra pas oublier de prendre un chapeau ni de mettre de la crème solaire. Si la boulangerie est ouverte, on s'arrêtera acheter une tarte aux abricots, celle avec la bonne crème pâtissière à la vanille. Elle en raffolait.

— Au revoir, maman.

Biographies et
bibliographies des auteurs

Sophie Astrabie aime le lundi matin, les trains de nuit et les vieilles photos dans les vide-greniers. Mais surtout, elle aime raconter des histoires.

Elle est l'autrice de trois romans :

Billie Pretty a disparu (Flammarion, 2023)
Les Bruits du souvenir (J'ai Lu, 2023)
La Somme de nos vies (J'ai Lu, 2021)
Le Pacte d'Avril (Le Livre de poche, 2019)

Retrouvez-la sur Facebook et sur Instagram :
@sophieastrabie

Sophie de Baere est diplômée en lettres et en philosophie. Elle est l'autrice de trois romans :

Les Ailes collées (Le Livre de poche, 2023), prix Maison de la presse
Les Corps conjugaux (Le Livre de poche, 2022)
La Dérobée (Anne Carrière, 2018)

Retrouvez-la sur Facebook et sur Instagram : @sophie_de_baere

Jessica Cymerman est journaliste et autrice. Elle s'est fait connaître par le biais de son blog Serialmother dans lequel elle livre avec humour des réflexions variées en tant que mère de quatre enfants.

Elle est l'autrice d'une trentaine de livres d'humour, de livres pour enfants et d'un roman :

Petit éloge du rire, avec Julie Manou-Mani (Leduc humour, 2023)

Manger du gluten, boire de l'alcool et baiser le premier soir (Leduc humour, 2023)

Celui d'après (Charleston poche, 2019)

Journal intime d'une mère indigne (First Éditions, 2016)

Serial Mother (Le Livre de poche, 2014)

Retrouvez-la dans son podcast Serialmother et sur Instagram : @ze_serial_mother

Olivier Liron a d'abord enseigné la littérature comparée à la Sorbonne avant de se consacrer à l'écriture.

Il est l'auteur de pièces de théâtre et de scénarios pour le cinéma, ainsi que de trois romans :

Le Livre de neige (Gallimard, 2022), Prix Brise-Lame

Einstein, le sexe et moi (Points, 2019), Grand Prix des Blogueurs littéraires, Prix littéraire des lycéens des Pays de la Loire

Danse d'atomes d'or (Alma Éditeur, 2016)

Retrouvez-le sur Instagram : @olivierliron

Né en 1984, Éric Metzger a les yeux bleus et est mal coiffé. Depuis quelques années, il a pris du recul sur sa vie médiatique, et passe ses journées à boire du café, faire du vélo, lire, écrire, manger des cookies et déguster du bon vin.

Il est l'auteur de cinq romans :

Les Écailles de l'amer Léthé (Éditions de l'Olivier, 2022)

La Citadelle (Gallimard, 2019)

Les Orphée (Gallimard, 2018)

Adolphe a disparu (Gallimard, 2017)

La Nuit des trente (Folio, 2017)

Avec son comparse Quentin Margot, il est aussi sur scène pour leur spectacle, *On ne peut plus rien rire*.

Journaliste spécialiste en psychologie et santé des femmes, Caroline Michel est l'autrice de deux romans :

L'Amour des grands (Pocket, 2023)
89 mois (Le livre de poche, 2018)

Retrouvez-la sur Instagram :
@carolinemichel.auteur

Carène Ponte, figure incontournable de la scène littéraire française contemporaine, a conquis plus de 300 000 lectrices et lecteurs grâce à ses histoires empreintes de légèreté et d'humour.

Prendre la vie comme elle vient (Fleuve éditions, 2023)

Et que quelqu'un vous tende la main (Pocket, 2023)

Embarquements immédiats pour Noël (Fleuve éditions, 2022)

La lumière était si parfaite (Pocket, 2022)

Vous reprendrez bien un peu de magie pour Noël ? (Pocket, 2022), prix Babelio du Roman d'amour

Vous faites quoi pour Noël ? On se marie ! (Pocket, 2021)

Et ton cœur qui bat (Pocket, 2021)

D'ici là, porte-toi bien (Pocket, 2020)

Vous faites quoi pour Noël ? (Pocket, 2020)

Avec des si et des peut-être (Pocket, 2019)

Gros sur le cœur (Michel Lafon, 2018)

Tu as promis que tu vivrais pour moi (Pocket, 2018)

Un merci de trop (Pocket, 2017)

Retrouvez-la sur Instagram : @carene_ponte

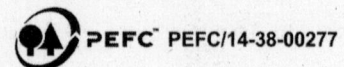
Achevé d'imprimer en avril 2023
par Novoprint
Dépôt légal : mai 2023
Imprimé en Slovaquie